COLLECTION FOLIO

Philippe Labro

Un Américain peu tranquille

Préface inédite de Philippe Labro

Gallimard

Philippe Labro, né à Montauban, part à dix-huit ans pour l'Amérique.

Étudiant en Virginie, il voyage à travers les États-Unis pendant deux ans. À son retour, il devient reporter à Europe n° 1 puis grand reporter à *France-Soir*. Il fait son service militaire de 1960 à 1962, pendant la guerre d'Algérie. Il reprend ensuite ses activités de journaliste (*Le Journal du Dimanche*, RTL, *Paris Match*, TF1 et A2) en même temps qu'il écrit et réalise sept longs métrages de cinéma. Il est directeur des programmes de RTL de 1985 à 2000.

Il a publié chez Gallimard *Un Américain peu tranquille* (1960), *Des feux mal éteints* (1967), *Des bateaux dans la nuit* (1982). En 1986, *L'étudiant étranger* lui vaut le prix Interallié. En 1988, *Un été dans l'Ouest* obtient le prix Gutenberg des lecteurs.

Après *Le petit garçon*, en 1991, Philippe Labro publie *Quinze ans* en 1993, puis en 1994, *Un début à Paris*, qui complète le cycle de ses cinq romans d'apprentissage.

En 1996 paraît *La traversée*, un témoignage qui connaît un succès considérable, suivi en 1997 par *Rendez-vous au Colorado*.

En 1999, Philippe Labro fait parler *Manuella*. En 2002 paraît *Je connais gens de toutes sortes*, recueil de portraits revus et corrigés, et, en 2003, un nouveau témoignage, *Tomber sept fois, se relever huit*.

PRÉFACE

Au début des années 1960, à Paris, dans le monde de la presse, régnait un petit homme génial et inventif qui s'appelait Pierre Lazareff. *France-Soir*, le journal qui lui conférait pouvoir et influence, savait conjuguer la qualité d'écriture avec les concepts les plus populaires.

Les reportages de Joseph Kessel, Jean-Paul Sartre ou Georges Simenon côtoyaient les « potins de la commère » et les faits divers à sensation. Il y avait, aussi, deux bandes dessinées quotidiennes : « Les Amours célèbres » et « Le Crime ne paie pas », ingénieuses illustrations, avec de courtes légendes, qui narraient les grandes intrigues ou les grands crimes de l'Histoire.

Un jour, le petit homme qui débordait d'idées parfois saugrenues décida que les sujets de ces feuilletons B.D. pourraient donner matière à de vrais livres, et que l'on passerait ainsi non pas, comme d'habitude, du texte à l'image, mais de l'image au texte. On en ferait une collection. Ça se vendrait très bien. Le premier volume, la vie de Dillinger, célèbre gangster américain des années 30, fut écrit par mon meilleur ami de l'époque, Voldemar Lestienne. Récit rapide et insolent. Bon bouche-à-oreille, aucun succès en librairie.

Je débutais dans le journalisme. Valdo, de quelques années mon aîné, accepta de me présenter au petit homme, que, comme tout jeune journaliste, je rêvais de rencontrer. Afin de mettre mes capacités à l'épreuve, Lazareff me commanda la rédaction de ce qui serait le deuxième volume de la série. Pour rivaliser avec mon ami-aîné, essayer de le surpasser dans le même domaine et, surtout, pour impressionner Lazareff, je choisis de raconter Al Capone, le légendaire roi du crime organisé dans le Chicago des années 20.

Je revenais des États-Unis, je croyais tout connaître, et me sentais capable de tout faire. À coups de quelques documents, de biographies (sérieuses) et à partir de la B.D. elle-même, je rédigeai, en 5 semaines, ma version de la vie de ce monstre. J'en fis une sorte de pastiche, une biographie fantaisiste où la véracité des faits et des dates était volontairement dominée par un souci parodique, une recherche de la formule-choc, un désir d'étonner et de plaire, l'envie d'exprimer quelques idées sur la civilisation américaine, avec, entre autres notions, son héritage de violence.

Je remis le manuscrit à Pierre Lazareff qui, après lecture, me convoqua pour dire :

— « Votre livre est excellent, mais la collection a tellement raté son démarrage que je ne peux le publier. On arrête. C'était une idée à la con. »

Je réponds :

— « Vous ne pouvez pas me faire ça. »

Éberlué par tant d'arrogance, le petit homme, le prince-lutin de la presse et de la vie parisienne, sourit et me dit :

— « On va voir. De toutes façons, je vous engage à *France-Soir.* »

Quelque temps plus tard, alors que je le harcelais sur le sort de mon manuscrit dont je considérais qu'il était im-pen-sable ! qu'il ne soit pas publié, le bienveillant, chaleureux et souriant patron m'annonça qu'il s'était débrouillé pour que le texte paraisse dans la collection « L'Air du Temps », chez Gallimard.

Avoir vingt ans et être publié à la NRF ! Signer un contrat, paraphé par le père fondateur Gaston Gallimard, sous le double parrainage de Roger Nimier (qui avait aimé mon écriture) et de Pierre Lazareff ! Et dans « L'Air du Temps », prestigieuse collection qui s'enorgueillissait d'accueillir les portraits de Françoise Giroud, les scenarii d'Orson Welles et les récits d'Erskine Caldwell ou de Henri Calet ! La chance était avec moi, j'étais le roi du monde. Je n'avais pas tout à fait compris que le geste de Lazareff était de la pure générosité à l'égard d'un jeune homme en qui il voyait une promesse. Il n'empêche : on trouva un titre, qui se voulait le contraire de celui du chef-d'œuvre de Graham Greene. Le livre sortit. Il n'eut aucun succès. Aucune critique, aucun commentaire dans les rubriques spécialisées. Mais c'est ainsi que je fis mon entrée chez Gallimard, et dans l'univers de la littérature.

Depuis, au cours des décennies pendant lesquelles j'ai écrit quelque seize romans et récits, j'ai été fréquemment interrogé par de nombreux lecteurs et lectrices sur ce premier ouvrage — évidemment épuisé, introuvable en librairie. Le voici, réédité en Folio, grâce à l'amicale proposition d'Antoine Gallimard. Je n'ai rien retouché. Je l'ai relu et n'ai pas plus éprouvé de fierté que de honte. Ça m'a fait souvent sourire. Parfois, j'y ai reconnu ce qui, dans l'avenir, allait devenir ce que certains pourraient appeler un style, un ton, ma petite musique.

Les lecteurs de *L'étudiant étranger* ou de *La traversée* jugeront si le génial petit homme avait eu raison de faire confiance à l'inconnu qui débutait à Paris — ou si ce texte de jeunesse méritait, véritablement, de surgir dans « l'air du temps ».

PHILIPPE LABRO

Voici l'histoire d'un Américain.

Comme les cadavres que l'on découvre vite après les crimes, cette histoire est encore toute chaude. Aussi, la vie de cet Américain se raconte-t-elle par secousses. Il n'y a pas si longtemps, son corps tremblait, son cœur battait, son sang sautait.

Pour certains d'entre les vivants, il n'est pas mort. Il tressaute encore, il tressaille toujours. Voici l'histoire de sa vie : l'enregistrement des spasmes d'Al Capone.

1

Une maquerelle nommée Birdie penchait le sein par la fenêtre et regardait un balayeur de rues qui balayait des crottes de cheval.

Il mesurait cent quatre-vingt-dix centimètres. Ses épaules étaient larges comme un cercueil. Il avait de grosses dents blanches. On était en 1908. Birdie l'appela et lui dit :

— J'ai besoin d'un type solide pour diriger ma maison. Tu pourrais commencer par les livres de comptes et voir à ce que je me sente pas seule le soir.

Jim Colosimo sourit, prit la dame et prit l'emploi. Cinq ans plus tard, il était roi du vice de la ville de Chicago.

Ses activités devinrent sérieuses. Il dut payer des hommes pour lui garder le corps. Parmi eux était Al Capone, de Brooklyn.

Capone venait de terminer son service militaire dans l'U.S. Army. Sa carte de démobilisation disait :

« CAPONE, Alphonse — *Caractère :* excellent. »

*

C'était faux ! Il avait un caractère de salaud mais il trompait tellement bien son monde !

Avec sa peau pâle et ses oreilles grasses, avec ses mains rondes et son nœud papillon en matière plastique vert courgette, il avait tout l'air d'un garçon laitier endimanché : on lui aurait donné l'Amérique sans confession. Les trois sergents de Fort Dix, New Jersey, qui savaient pourtant reconnaître les chiens des chats et les brebis des gorets, s'étaient fait avoir. Alphonse Capone leur avait glissé entre les pattes comme il avait passé à travers son enfance : inaperçu.

Seule, sa mère connaissait l'horrible vérité. Lorsqu'il était sorti de son ventre, à Naples, en Italie, elle avait crié : W H A A A A A A A ! et elle avait voulu se signer. Mais c'était trop dur, alors elle avait plaqué ses bras le long de ses hanches et elle avait dit : « Celui-là, il portera malheur. »

Mais personne ne l'écouta.

*

Quand elle revint un peu à elle et qu'on lui apporta le bébé, elle demanda très bas à une vieille si elle croyait que tout le mal qu'elle avait eu pourrait influencer l'enfant. La vieille fut d'avis que le petit garçon né en ce merveilleux 17 janvier 1899 serait certainement un grand patriote et probablement pape. Plus tard, le père Capone décida de quitter Naples pour le nouveau pays, de l'autre côté de l'océan, l'Amérique.

Il embarqua sa famille comme passagers de pont sur un bateau puant de la Compagnie Italienne de Transport, le *Volcipella*.

On parquait les émigrants dans l'île Ellis, à trois cent mètres de New York. À la nuit, debout le long des lits de fer, ils regardaient les cinq cent mille fenêtres orange au-delà de l'eau sale et noire et ils voulaient tant être des Américains. Finalement, un soir, Papa Capone abandonna les valises et les cages à poules dans le dortoir. Il enfonça Alphonse dans un sac en tapis. Lui et Maman barbotèrent jusqu'aux docks. Ils rencontrèrent un flot d'égout qui leur envoya des fleurs en papier, de l'huile tiède, un chien crevé et un poulet rôti non consommé.

— Regarde ! dit le père en agitant les jambes de son pantalon pour se sécher, quel pays ! des poulets entiers jetés aux ordures !

Et la mère ouvrit le sac. À l'intérieur, Alphonse, écarlate, suffoquait.

*

Les arbres poussaient encore dans Brooklyn. Depuis, on a tellement pissé dessus qu'ils sont tous morts.

Les spaghetti bouillaient, le vin chauffait, les pâtisseries dégoulinaient, les maisons semblaient s'appuyer les unes sur les autres par fatigue. L'hiver, les trottoirs de briques se glaçaient et des femmes nègres étalaient de la cendre devant les portes.

Lorsqu'il était petit, Alphonse Capone détestait tout le monde. Il y avait des Polonais et des Irlandais dans l'immeuble. Le reste du quartier parlait napolitain. Le papa était garçon coiffeur chez un coiffeur et la maman blanchissait dans une blanchisserie. Le couloir marron sentait la pommade et le savon. On croyait que les Capone étaient propres.

À l'école, Alphonse avait été boy-scout pendant deux semaines, mais tout ce qu'il avait retenu c'était leur cri de ralliement : « *Zinga, Zinga, Bom-Bom.* »

Les Irlandais lui avaient appris à cracher dans les encriers, et les Polonais, à chiquer. Un garçon roux à côté de lui eut mal à la poitrine. Willie Stohl racontait que sa grand-mère lui collait des serviettes mouillées autour des côtes. Mais le garçon roux mourut. À l'enterrement, Alphonse courut de la maison jusqu'au cimetière pour aller au rythme des chevaux. Il remarqua que les hommes fumaient toujours en queue de convoi. On enterrait des enfants chaque matin. Les cimetières n'étaient pas loin. Ils avaient des noms différents : Cimetière Machpelah, du Mont de Judah. Au milieu des cimetières, il y avait un bassin en forme de marteau, le Ridgewood Reservoir.

Alphonse y retrouvait des Allemands venus du Red Hook — le quartier de l'Hameçon Rouge, un peu à l'est de sa rue. Ils se montraient leurs couteaux et leurs sexes. Les tombes qui bordaient le Réservoir s'effondraient une à une. Alphonse revendait les planches à des Irlandais qui n'osaient pas se promener chez les cadavres mais qui avaient besoin de bois pour construire des radeaux.

— *Come on an'lookit!* Venez voir, venez voir, dit Alphonse en américain à Willie Stohl et Marty Acquavella.

Ils se chauffent les fesses sur les dents cariées de la bouche de métro.

— *Stai zitto!* Taisez-vous, taisez-vous, dit le papa en italien dès qu'il les voit entrer.

C'est le cinéma permanent : la maman accouche encore. Alphonse serre les dents et gonfle la lèvre supérieure. Cela lui fait un visage de babouin. Willie et Marty se dandinent à l'entrée de la cuisine. Ils en ont profité pour rafler des cornichons. Quand même, ils sont ébahis. Ils n'ont jamais vu leur mère faire ça. Alphonse penche le cou — il n'a pas de cou vraiment — il penche la tête :

— *Pretty funny ?* C'est marrant, hein ?

C'était marrant. C'était la Famille. La Famille !

Existait déjà un frère aîné. Il avait attendu à Naples que les parents s'installent et lui fassent signe. Il était arrivé au bout de six mois. Puis, il avait déserté Brooklyn pour suivre un cirque qui ambulait vers les terres de l'Ouest. Lorsqu'il était parti, Alphonse, assis sur les marches du porche, avait dit :

— Emmène-moi.

— T'es trop petit.

— Pourquoi tu t'en vas, pourquoi tu nous quittes ? chialait Alphonse.

Il trottait derrière son frère. Il y avait des femmes énormes écroulées comme des saucisses sur les escaliers des maisons. Alphonse avait honte. Elles riaient et elles écartaient leurs cuisses en claquant leurs mains dessus. Elles rigolaient, elles s'interpellaient d'un porche à l'autre.

— *He don't have no neck !*

— C'est le petit Capone ! Il n'a pas de cou !

— *He's a bullfrog !*

— C'est un crapaud !

Le crapaud bondissait.

— Lâche-moi, disait le frère qui, lui, était mince et marchait avec souplesse.

Il se déhanchait. Comme tous les gens qui marchent en se déhanchant, il donnait l'impression d'avoir un secret. Alphonse décida qu'il le haïrait toute la vie.

*

Il coula entre les longues jambes d'un client qui ouvrait la porte et il se glissa dans le Barber Shop. Le papa esquintait le visage d'un maçon au bout du salon de coiffure. Il n'y avait pas de murs mais des glaces partout, si bien qu'on disait que le Ralph Salvadore's Barber Shop était la plus grande et la plus luxueuse boutique de coiffeur-barbier de ce côté-ci de la rivière. M. Salvadore avait répété à sa clientèle d'immigrants :

— Ici, en Amérique, les ouvriers, il faut qu'ils soient propres. Les patrons américains, ils aiment pas les nuques sales et les joues grises. Faudra venir souvent chez moi.

Cela avait fini par se savoir dans le quartier de la Petite Italie. M. Salvadore avait été obligé d'engager deux nouveaux garçons coiffeurs, des jeunes. Papa Capone ne les aimait pas. Il trouvait qu'ils ne parlaient pas comme il fallait aux clients. Papa Capone, il disait toujours « Monsieur » et il reculait de trois mètres — la largeur du salon — pour laisser les gens s'asseoir. Les nouveaux garçons parlaient l'argot de la Ville Basse. Ils les appelaient Mac ou Buddy — c'est-à-dire qu'ils demandaient :

— Salut, Toto, c'est pour la barbouze ?

Ou encore :

— Salut, Mac, qu'est-ce qu'on vous coupe ?

Ou encore :

— Salut, Papa, on va t'arranger la tomate.

Les clients ne se fâchaient pas. Ils ne comprenaient pas. Ils montraient leur tignasse. Ils faisaient un grand sourire stupide et ils faisaient un grand geste idiot, la main à plat dans l'air. La plupart n'avaient pas encore appris l'américain.

Ils préféraient que Papa Capone leur coupe les cheveux parce qu'il prenait son temps et leur parlait du vieux pays. Le Papa Capone avait l'habitude de dire :

— Sans moi, M. Salvadore fermerait son salon.

Alphonse ne l'écoutait pas. Il aimait voir tous les hommes en chemises rayées avec leurs mâchoires barbouillées de crème à raser. M. Salvadore le laissait fouiller dans un vieux lavabo plein de pots de crème usagés. Alphonse passait le petit doigt dans le fond des pots et il étalait la brillantine violette et la graisse mauve sur ses cheveux. C'était agréable et très doux, comme s'il avait un nuage de fleurs sur la tête. Il sentait le mimosa, le lilas et la fleur d'oranger.

Après, il allait voir sa mère dans la blanchisserie. Toutes les blanchisseuses lui prenaient la tête entre les mains et disaient :

— Le joli crapaud qui sent bon ! Il sent les fleurs.

Après, il rentrait très vite à la maison.

Bientôt, il ne vint plus à la boutique du coiffeur et passa presque toutes ses journées dans les cimetières et le Réservoir.

Pendant ce temps-là, maman fit cinq autres enfants.

Le premier : on lui donna le prénom d'un cousin, Rafaël. Les autres : on leur donna les prénoms des patrons de la Maman : John et Matteo. Dans un avant-dernier effort, Maman Capone produisit une fille qui pleurait sans arrêt, Mafalda. Dans un dernier effort, Maman Capone fit Albert, un garçon beau comme une femme. Quand ils furent tous nés, ce fut le Papa qui mourut. Cela l'avait épuisé. Cela, et le travail.

Alphonse le regardait mourir. Il s'ennuyait

bien. Son père tend un doigt. Alphonse se retourne. Un Chinetoque court sur le perron. Alphonse détale. Il le prend aux mollets, comme un chien. C'est un vieux. Il n'est même plus jaune tellement il est vieux. Il bave.

— Vieux salaud, dit Alphonse, qui a douze ans et des favoris.

Dans la rue, au coin de V & V (Visitation Avenue et Verona Street), Brooklyn-Est, Alphonse Capone s'est fait son premier homme. Il a mis son pied droit sur la tête du Chinetoque et il a appuyé. Il y a eu du sang. Alphonse, surpris, murmurait : « C'est pas du sang jaune. » Du pied gauche, il essayait de lui ouvrir l'estomac. Le Chinois avait pris les économies de Papa dans le bol de grès sur la fenêtre de la cuisine. C'est là que les Italiens cachaient leur verdure : 3 dollars. Tant qu'il y est, Alphonse fouille dans les chaussettes du type : c'est là que les Chinois planquaient leur salade : 5 dollars. Total : 8 dollars.

Lorsque Alphonse rentra à la maison en sifflant : *Wait Till The Cows Come Home* — « Attends un peu que les vaches arrivent », son père avait vécu. Alphonse brandit les dollars en grimaçant :

— Je vais acheter les fleurs, dit-il.

On le revit seulement trois mois plus tard : il n'était plus vierge et maintenant, dans la rue, les garçons l'appelaient Al.

*

Les quais de Brooklyn sont pleins de palissades et de caves à charbon.

Derrière les palissades, Willie Stohl, Marty Acquavella et des Allemands se racontent ce qu'il y a dans les caves à charbon.

— C'est la bande des quais qui organise l'affaire.

Alphonse arrive.

— Salut, Al ! disent les Allemands, comme cela, pour ne pas dire Alphonse.

Ils le connaissaient des cimetières et ils respectaient le crapaud. Marty et Willie furent étonnés de voir que Capone pouvait se faire appeler Al.

— Salut, Al, dirent Willie et Marty en même temps sans se regarder.

Alphonse salua en montrant les dollars.

— Huit dollars, c'est une somme, dirent les Allemands, de plus en plus respectueux.

— Où t'as eu ça ? dit Willie de plus en plus étonné.

— Je les ai fauchés à un Chinetoque et à mon père.

Silence.

— Mon père est mort, dit Al.

Silence.

— Le Chinetoque, je lui ai ouvert le bide, finit par dire Al.

Du coup, ils se frottèrent à ses froques, mais il ne leur en dit pas plus.

Willie et Marty lui apprirent qu'on pouvait faire l'amour dans les caves à charbon de l'autre côté de la palissade pour cinquante cents par *throw*, par « passe ». Cinquante cents : un demi-dollar.

— C'est la bande des quais — des *Five Points* — qui organise.

Sur les quais pavés, entre les miles de crasse et de hangars, entre les tonnes de barriques et de suie, entre les yards de brouillards et d'ordures, entre les heures de nuit et les minutes de jour, les durs de Brooklyn exécutaient ceux qui avaient trahi, dans cinq endroits différents : les *Five Points*. Si vous connaissiez les *Five Points*, vous faisiez partie de la bande. Parce que, autrement, vous n'en connaissiez jamais qu'un et vous n'en reveniez pas. Il arrivait à Al Capone de percher ses jambes sur un talus et de perdre ses yeux sur l'interminable limace grise des quais. Puis, il s'accroupissait. Le vent soufflait la poussière et l'inquiétude au-dessus de ses épaules et il se disait à voix basse qu'il faudrait gagner beaucoup d'argent. Il décollait les journaux du soir que la Maman lui avait enroulés autour des jambes, sous le pantalon, pour qu'il ne prenne pas froid et il lisait la rubrique criminelle. On parlait toujours de corps retrouvés sur les quais d'East-Brooklyn. Al Capone tournait sa tête sans cou vers la mer. Par temps clair, il aurait pu voir des remorqueurs. Mais le temps n'était jamais clair.

Bien longtemps après, même dans son jardin de Miami, Al Capone ne put aimer New York. Ce fut toujours une ville qui lui faisait peur, une ville qui se cachait derrière la lumière bleue des usines électriques, une ville qui ne se laissait pas attraper, une ville qui fuyait comme un paquet de nuages verts au ras des marécages et aussitôt après, une ville qui criait comme les ogres : cours, cours, je vais te manger. Il préféra toujours Chicago. Il n'avait pas tout à fait tort : New York, c'est une gare centrale. On n'y reste pas. Seulement, ça trompe, parce que le buffet est toujours plein. Chicago, au moins, c'est une vraie ville.

— Alors, dit Willie, en sautillant, on va voir ?

— Je vous prête l'argent, dit Al, avec une voix fluette, mais moi je reste ici. Ça m'intéresse pas.

Il donna un dollar à Willie et Marty et un autre aux Allemands (ils étaient deux). Les quatre enfants traversèrent le terrain vague en faisant semblant de ne pas penser à la fille qui les attendait, assise sur le tas de charbon de la cave à charbon, en face de la palissade.

— D'où ils viennent, ces jolis dollars ?

Les quatre enfants avaient tiré leur coup comme des imbéciles. Ils n'avaient rien vu dans la cave et cela avait été plus rapide qu'un trot de belette. Maintenant un petit homme en bretelles avait pris leurs dollars et il les secoua un peu pour qu'ils parlent.

— C'est Al Capone, dit Willie sans hésiter.

— Qui c'est, Al Capone ? dit le petit homme.

— Il est derrière la palissade, dirent les quatre enfants.

— Allez-vous-en, dit l'adulte.

Ils sont partis en courant. Ils ont laissé Al Capone tout seul dans le monde des hommes.

Dehors, sur le terrain vague, adossé à une planche, Al Capone s'agaçait avec un brin d'herbe. Le petit homme le découvrit dans cette position embarrassante.

— C'est toi, Al Capone ?

— C'est moi, répondit Al, en se boutonnant.

— Je m'appelle Fred, dit le petit homme. Viens à la cave.

— Bon, dit Al, en finissant de se boutonner.

Arrivés là :

— T'en as beaucoup de dollars ? demanda Fred.

— On pourrait peut-être s'arranger, dit Al, pensif.

— Comment ça ? dit Fred en faisant la moue.

— J'sais pas, dit Al. Mais il y a moyen de s'arranger.

Et il couvait le petit homme en roulant ses gros yeux doux et compréhensifs sous des sourcils poilus. Al avait l'air d'avoir sommeil, et il parla posément pendant quarante-cinq secondes. Il dit qu'il - lui - restait - quelque - verdure - bien sûr - mais - ce - serait - déraisonnable - de - les - lui - prendre - alors - que - lui - il - était - tout prêt - à - les - partager - ou - à - les - faire - fructifier - parce - que - malgré - tout - n'est-ce - pas - il - y - avait - pas - de - raison - de - ne - pas - s'entendre - avec - un - caïd - comme - Fred - surtout - que - lui - Al - il - avait - un - peu - envie - de - connaître - les - gens - de - la - bande - et - il - connaissait - des - tas - de - choses - et - il - était - prêt - à - travailler - et - quoi - non voilà - vous - croyez - pas - si bon - alors - vous - voyez - qu' c'était - pas - la - peine - de - se - battre - on - peut - toujours - s'entendre - quand - on - habite - Brooklyn - hein - Stop.

— Bon, dit Fred, résigné. Toi et moi, on va placer tes dollars.

Fred sortait d'un bain de mélasse ! La mélasse italienne aimable et enjôleuse du grand maître mélassier Al Capone. Fred conseillait à Fred : réveille-toi, il est malin, ce p'tit gros. Mais Fred chuchotait à Fred : il a l'air très bien et un peu nigaud, ce p'tit gros.

En vérité, Frédéric Stupp, dix-huit ans, rabatteur des *Five Points*, maquereau à ses heures, honnête joueur de cartes, en vérité Frédéric n'était que la première victime de Al Capone.

Cela se passerait toujours ainsi : Al Capone se tassait sur ses courtes pattes. Il rentrait un peu plus son citron entre les épaules. Il laissait tomber ses chairs qu'il avait déjà flasques. Alors, comme il était laid et boudiné, il inspirait vaguement confiance. Alors, il entrouvrait ses bonnes grosses lèvres de suceur et cela ressemblait à un sourire. Et enfin, il parlait sans heurt en lançant quelques mots. Dès qu'il sentait que les mots rassuraient, Al Capone continuait.

— *May be we can fix that* (Peut-être qu'on va pouvoir arranger ça), répétait Al Capone avec du sirop dans la bouche. Il ne savait jamais ce qu'il ferait ensuite.

Mais ensuite, cela marchait. Fred l'introduisait au *Waggoman Drive*, aux durs des *Five Points*, et il les suivait dans l'arrière-salle, il fumait des cigares à bout carré, tout le monde disait :

— *He's a nice guy.* (Il est gentil.)

Lui, pendant les quarante-cinq secondes de

paroles, il gardait les yeux baissés sur ses godasses. Le cœur lui battait. Il avait envie de les tuer. Mais tout le monde disait :

— *He's a nice guy.*

Le lendemain, la vieille prostituée italienne le viola à moitié sur le tas de charbon. Cela l'avait excitée, ce gros enfant brun qui ne l'avait même pas touchée, une fois que Fred l'eût accepté comme lieutenant.

— Tu veux pas payer ? À toi, ça te coûtera rien.

— Laisse-moi, geignait Al.

— T'as pas envie, t'aimes pas ça, t'es une madame, dit la fille, qui s'appelait Maria Rosa.

— Non, dit Al, ennuyé, ça m'amuse pas.

Il s'appuie aux charbons.

— Tu sais parler aux hommes, marmotta Maria Rosa, mais t'as peur des femmes.

— Fous-moi la paix, dit Al, tu sens l'ail.

Il ne comprenait plus rien à ce qu'elle disait. Elle a deux seins mous. Elle lui colle la poitrine avec. Les boulets de charbon s'éparpillent. Al est sur le dos, la femme est sur Al. Elle se retire.

— T'es pas long, dit-elle, déçue.

Al voit des barres rouges devant ses yeux. Il s'agenouille. Elle est couchée sur le côté.

— Tu t'y mets, dit-elle, heureuse.

Elle était vieille : elle parlait sans cesse.

Il en prit plusieurs autres et parfois même sur des lits, mais il préférait jouer aux cartes et gagner des dollars. Il attrapa quand même la syphilis. Il ne le sut pas avant Chicago, c'est-à-dire bien plus tard. Que voulez-vous, à l'époque, Al Capone n'était pas très regardant. Il ne choisissait pas son plaisir.

En quittant les femmes, il avait mal à la tête. Dans ces cas-là, il payait un dollar pour une douche, un bain de vapeur, un massage, un talcage et un bain complet, le tout à la suite, au Hamman italo-américain de Pitkin Avenue. Les serviettes étaient rose culotte. Il apportait ses cigares qu'il fumait pendant le massage. Le masseur s'appelait Erminio. Al lui racontait sa vie.

*

Al Capone embrasse la moustache de Maman Capone.

— Tu m'as fait des spaghetti ?

— Oui, mon Alphonse, dit la mère en lui baisant le front.

Les pâtes halètent et remuent dans le fond du plat. On dirait des gros vers blancs. Al en a l'eau aux gencives.

— T'as du fromage ?

— Oui, mon Alphonse, dit la mère en lui baisant l'œil.

Des paquets de gosses affluent : les frères. Découvrant Al, ils se tiennent au milieu de la cuisine, essoufflés, cramoisis, les bouches écarquillées. Al fait comme s'il ne les voyait pas, mais il se dit : « Je les impressionne. »

— T'as du vin ?

— Oui, mon Alphonse, dit la mère en lui baisant le nez.

Il y avait longtemps que les varices s'étaient attaquées aux chevilles de Maman Capone. Les rides avaient suivi et les boursouflures à la taille. Tout coûtait cher. La blanchisserie ne suffisait plus pour vivre. En plus, pour faire quelques dollars, Maman Capone grattait les parquets des grands hôtels de New York.

Elle ne l'avoua pas à Al, mais son dos se cassait trop et il devina une partie des choses.

— Faut pas que tu travailles comme ça, dit-il, avec une grande pudeur difficile dans la voix.

Il glissa des dollars entre la table et la toile cirée. Il se leva. Il salua la compagnie. La compagnie fit :

— Ooooooo, Al, oooooooh.

Entassés dans les entrées des sous-sols, les rats des rues, les Willie et les Marty le regardèrent s'avancer dans sa vie et leurs yeux brillaient d'envie. Eux, les *cops* les avaient déjà épinglés une ou deux fois à piller les épiceries de Brownsville et de la Quatorzième Rue. Lui, le *cop* du coin ne savait même pas son nom. Corseté dans sa redingote bleue à boutons de cuivre — des *coppers*, c'est de là que vient le diminutif *cop*, flic — l'aimable poulet aurait pu poser sa main rouge sur l'épaule de Al : il se serait retourné et aurait dit, avec un sourire chevalin (les crocs dehors, la grosse langue au milieu) :

— Capone, Alphonse, garçon boucher chez Edward Steinhewaller.

C'était presque vrai : Al passa trois heures quatorze minutes chez Steinhewaller, mais ce n'est pas ainsi qu'on devient boucher.

Il avait fait ses classes : au premier *Point*, il avait piqué le cou d'un ami de Leftie Louie avec un pic à glace. Leftie Louie était à ses côtés pour l'aider en cas de défaillance.

Au deuxième *Point*, Al Capone avait tiré six balles dans le bas-ventre du quatrième lieutenant de Sticky *The Sticker* Callaghan. Les trois autres lieutenants enveloppèrent leur ancien frère dans du papier journal avant de le jeter à l'eau.

Au troisième *Point* :

— Me tuez pas, me tuez pas, j'ai rien dit à personne.

Mais Al Capone s'en moquait. On ne lui avait

même pas dit qui c'était, cet homme à genoux. Al délivrait un paquet. Du travail sur commande.

Au quatrième *Point*, il vit *The Beef* — le Bœuf — étrangler *The Squirrel* — l'Écureuil. L'Écureuil fit Aarrh ! Le Bœuf fit Choooh !

Au cinquième *Point*, toute une équipe de gars en chandails sciait les jambes d'un tricheur avec une scie à métaux.

*

Le plus grand bateau du monde s'inclina avec lenteur et dressa son arrière vers le ciel. Les lumières des cabines et des salons qui jusque-là n'avaient pas flanché, s'éteignirent soudain en ce mouvement. Elles ne se rallumèrent pas. Le *Titanic* s'engloutit avec fracas dans la mer noircie, pendant que mille cinq cents pauvres (ceux qu'on n'avait pas voulu sauver parce qu'ils n'étaient pas en première classe) piaillaient avec un certain culot : « Plus près de toi, mon Dieu. » Des femmes en chemise de nuit ramaient dans les chaloupes.

— *Hot shit !* Merde ! siffla Johnny Torrio avec admiration. Tout ce pognon au fond de l'eau !

Les voyous des *Five Points* rêvèrent d'un même rêve qu'ils étaient des scaphandriers.

Al Capone déposa le *New York Journal American* du 16 avril 1912 et sentit que Torrio le regardait. Cela lui irritait les oreilles mais il était flatté. Torrio était un vrai tueur : on disait qu'il irait loin. Il se graissait les moustaches avec le nouveau savon à l'huile qu'on fabrique à Hoboken. Il avait une faiblesse : les sandwiches aux piments. On savait toujours où le trouver en cas de besoin. Dans un *drugstore* italien d'Apple Street, entre un magasin de cigares à façade rouge et un hôtel aux balcons de briques blanches. Il dégustait les *pimiento-sandwiches* et surveillait la rue par la fenêtre sans rideaux. Ce n'est pas qu'il avait des ennemis, mais depuis qu'il avait quitté Naples, Johnny Torrio se méfiait. Il n'avait pas confiance dans l'Amérique. Lui, Torrio, lorsque les hommes s'arrêtaient dans la rue à sa hauteur pour allumer une cigarette ou pour se gratter l'entrejambe, il se jetait à plat ventre en attendant les coups de feu. Les coups de feu ne venaient pas et Torrio époussetait ses habits. Un Italien moustachu qui plonge sur le trottoir en plein jour, ça aurait pu étonner les paysans de Plouqueville, mais à Brooklyn, ça passait aussi inaperçu qu'un *cop* en caleçon ou un type faisant du vélo sur les câbles extérieurs du pont suspendu de Brooklyn. Johnny Torrio repartait vers les restaurants et il attendait, dos au mur, qu'on vienne lui proposer des affaires. La méfiance était assise sur la banquette à ses côtés.

Une fois le mois, il venait présenter ses vœux

aux copains des *Five Points.* C'est ainsi qu'il remarqua Al et que Al remarqua qu'il était remarqué. Torrio l'invita à partager un sandwich.

— Mon joli, lui dit Torrio avec l'affection d'un Napolitain à un autre Napolitain, je pars pour l'Ouest.

— Où ça ? demanda Al, inquiet, en se rappelant son frère aîné.

— Une ville qui s'appelle Chicago, chuchota Torrio. Il paraît que c'est le paradis, là-bas. Et il ajouta, en confidence : j'ai un contrat.

« C'était bien la peine qu'on se connaisse », pensa Al, attristé. Mais il ne lui dit rien et il sourit.

— Si je te dis ça, dit Torrio en plissant les yeux pour parler moins fort, c'est que je crois qu'on se reverra, toi et moi.

Ils penchèrent leurs faces et susurrèrent comme des vieilles femmes.

— Bon, dit Al Capone, en essayant d'oublier son frère aîné.

Il le revoyait s'éloigner dans une rue de son enfance, lui aussi vers l'Ouest, et lui aussi avait oublié de lui demander de l'accompagner.

— Si tu viens à Chicago, conclut Torrio, plein de bonté, fais-moi signe.

— On verra, dit Al.

Il s'aperçut tout d'un coup que Torrio avait

très peur de partir seul pour la ville inconnue. Alors il ricana :

— Marre-toi bien.

Torrio, pour reprendre l'avantage, conseilla à Al :

— Tu gagnes pas assez d'argent, p'tit. Va donc voir Saddie la Chèvre.

Al Capone l'écouta. Il laissa tomber son ancienne bande et poussa la porte d'un *saloon* de la Neuvième Rue. Cela s'appelait *Dead Rabbits Cafe*, parce que c'était situé dans le quartier des *Dead Rabbits* — les Lapins Morts.

Le *saloon* était vide. Derrière le comptoir, un macaque à cheveux blancs faisait de longs pets silencieux. Al Capone mit son doigt devant le bord de son chapeau, comme il l'avait vu faire plusieurs fois, et dit en roulant les yeux :

— Je voudrais parler à Saddie la Chèvre.

— C'est pour quoi faire ? dit le barman, en se demandant s'il avait déjà vu un crapaud pareil. D'ailleurs, il avait raison, il n'en avait certainement jamais vu.

— C'est pour travailler avec lui, dit Al en pensant : il m'ennuie, ce zizi.

— Pour travailler, pour travailler, non mais, dis, fit le barman. Tu crois pas que tu ferais mieux d'aller chez les vaches voir si elles manquent pas d'herbe ? Sérieusement, dit le barman qui commençait à y prendre du plaisir, chéri, t'es pas chez toi, ici, t'es chez des hommes, des vrais.

Al Capone avait de l'éducation, mais tout de même : son respect des hiérarchies professionnelles s'arrêtait aux barmen et aux planteurs de marihuana de Brownsville. Il pensait vite. Le temps de tendre la main vers une bouteille, il avait déjà pensé :

— Non, décidément, ce zizi me servira à rien. Il vaut mieux que je le tue. D'ailleurs, il m'a insulté.

Le macaque pensait lentement. Il en était encore à se faire un cinéma pour la tirade qu'il venait de sortir.

Horrifié, il voit le crapaud pencher ses muscles sur le comptoir et lui balancer un monument de verre sur la joue droite. Le monument s'écroule sur la pommette. Du monument, gicle le whisky. De la pommette, gicle le sang. Effrayé, le barman tâte les dégâts. Il souffre. Il pleure.

Au même moment, explosion. Comme si la ville entière avait sauté. C'est Saddie la Chèvre qui a tiré trois balles dans le décor. Il fonce sur Al Capone en braillant :

— Regarde-moi bien !

Capone regarde.

Venu de l'éternelle arrière-salle — celle où l'on joue aux cartes, où l'on décide de la vie et de la mort des amis, où l'on se parle de sa sœur et de sa vieille maman, où l'on se montre les chemises neuves — Saddie la Chèvre tient deux pistolets au bout de ses poings poilus. Il en a trois autres sur le ventre, entre sa ceinture de diamants et son gilet.

Il avait l'air très mal rasé. Il en aurait toujours l'air. Il portait un *borsalino* crémeux, une veste avec des boutons comme des balles de tennis, une cravate épinard et une liquette café au lait. Ses yeux étaient rouges à l'intérieur : on se demandait s'il n'en gardait pas une paire de rechange dans sa poche revolver. Mais non ! Dans sa poche revolver, il y avait un coup-de-poing en argent et cela lui faisait une bosse sur les fesses — d'habitude, ils sont en laiton : *brass-knuckles* — mais Saddie en avait voulu un spécial.

C'était un géant. Pourquoi les nains l'appelaient-ils la Chèvre ? On aurait mieux compris s'ils avaient dit Saddie la Locomotive. Une locomotive, ça mugit et ça mange du charbon et il n'y a vraiment qu'une charge de nitroglycérine pour lui faire peur. Saddie ne bouffait pas de charbon, mais il prenait sans doute un bol de goudron chaud au petit déjeuner, avec des clous en guise de saccharine. De toute manière, il n'existait pas, c'était impossible.

Il existe, il hurle :

— Regarde-moi bien, petit !

Il gifle Al Capone qui atterrit dans la sciure et dans les mégots. Le macaque se marre.

— Toi, ta gueule, crache Saddie.

Le macaque ferme son micro et rapetisse de vingt centimètres.

— Tu me plais, dit Saddie à Al Capone qui s'était relevé assez pâle mais plutôt digne, vu les circonstances.

— Tu me plais bien, petit, répéta Saddie, et il le prit par la main pour le conduire dans l'arrière-salle.

— Comment c'est, encore, ton nom ? chuchota Saddie, très mère poule.

— Al Capone, dit Al Capone en levant la tête pour lui parler. Avant, j'étais aux *Five Points*.

Saddie la Chèvre rangea ses revolvers entre ses bretelles à carreaux et il souffla pour dégager la fumée qui dansait dans la pièce. Des crétins moustachus sommeillaient sous des chapeaux melons. C'étaient tous des Américano-Irlandais. Saddie la Chèvre vociféra :

— Voilà ! Et le silence se fit. — Voilà ! Il s'appelle Al Capone, il a quitté les *Five Points* pour travailler avec nous. Brick le Comptable, tu t'occupes de lui — et le silence se défit.

Brick le Comptable traîne un pied. Il a été victime de la poliomyélite lorsqu'il avait vingt-deux mois. Il sourit mécaniquement comme un boxeur qu'on a trop touché. Son visage est gros et pâle. Sa tête est chauve. Ses yeux ont la couleur des socquettes brûlées. Lui et Saddie et Al entourent une table recouverte de bakélite ocre.

— Bon, dit Saddie, pressé d'en finir, on te prend comme *gunman.*

— Bon, dit Brick le Comptable en mâchant du vide, tu touches cinquante dollars par semaine.

— Ça te va ? demanda Saddie en bougeant les sourcils au-dessus du nez.

— *Why, of course !* — Bien sûr, dit Al, benoîtement.

Un vrai moine : il ne se plaignait jamais.

*

Le jour où, après quelques hésitations bien compréhensibles, le peuple américain décida de sauver les démocraties européennes en danger, Al Capone se soulageait avec une rousse, au douzième étage de l'Ashcroft Hotel, dans le Bronx (moyen New York).

Il entendit comme un ouragan qui venait de la ville basse. À ce moment, la fille rejeta sa tête en arrière. Il acheva la fille et il courut, à poil, vers la fenêtre haute. Il s'agenouilla sur le sofa piqueté de têtières en coton de l'Alabama.

— Qu'est-ce qu'il y a ? se demandait-il, angoissé.

— Qu'est-ce qu'il y a, chéri ? dit la rousse en caressant ses jarretelles rouges.

— Je vais voir, dit Al, qui avait déjà mal à la tête.

Il mit son *oscar* (pistolet) sous sa veste, déposa un peu de *moolah* (pognon) sur la Bible Gideon de la table de nuit et sortit.

— Qu'est-ce qu'il y a ? dit Al en soufflant dans le visage ahuri du garçon d'ascenseur noir.

— J'sais pas, M'sieur, dit le garçon.

(Il savait, mais on lui avait appris qu'il fallait toujours répondre ça pour survivre dans le Bronx.)

Capone sortit dans la rue. Un vendeur de journaux criait le titre de son journal : « New York acclame avec enthousiasme la déclaration de guerre ! »

— Quelle guerre ? demanda Capone, complètement paumé.

L'ouragan, c'était la voix des milliers d'hommes et de femmes massés tout le long de Broadway qui « acclamaient avec enthousiasme ».

Al aperçut un chapeau noir courant parmi les canotiers blancs : Brick le Comptable.

— Je te cherche partout, dit Brick, hagard. Y a la guerre !

— Je sais, dit Al. Je lis les journaux.

— Mais non, pas celle-là, dit Brick, affolé. Y a la bande à Gyp qui veut le massacre. Viens !

Gyp le Sang se partageait avec la bande à Saddie le contrôle des *saloons* de la ville basse. C'est-à-dire : un patron de *saloon* court des risques : bris de vitres, de chaises, pillage des caves, etc. Alors, les gangsters, magnanimes, les protègent, moyennant un pourcentage hebdomadaire sur les recettes. Si les patrons refusent d'être « protégés », assez curieusement leurs vitres sont cassées le soir même. Bon. Gyp et Saddie avaient divisé la ville basse et ils s'entendaient bien. Al Capone avait suivi l'opération avec amour : les calculs, les partages, les *rackets*, intéressaient beaucoup plus son jeune cerveau de dix-huit ans que les tueries brutales. Il étudiait les méthodes et il les classait dans un coin de sa mémoire.

Mais Gyp était inhumain : il aimait le sang. Il est probable qu'il en buvait comme apéritif. Mince et verdâtre, c'était un curieux bonhomme qui glissait des lames de rasoir entre les semelles de ses chaussures. Dans une bagarre, il lançait les pieds en avant et le sang coulait instantanément. Peut-être que l'atmosphère était aux déclarations de guerre. Il envoya un message à Saddie la Chèvre. Il savait que le messager serait tué. Alors, il fit ça comme un bourgeois : par télégramme de la Western-Union. Le télégramme disait :

« Toi et ta bande de lavettes, on va vous étriper. »

Saddie réunit ses hommes et ils s'installèrent, faussement tranquilles, sur les tabourets du *Dead Rabbits Cafe.* Dans l'ombre de l'arrière-salle, un jeune homme à lunettes attendait froidement, une bouteille de vitriol vert (F*e* S*o* 47 H 20) au bout des doigts. Dehors, le métro aérien, le L Train, grognonnait et reniflait dans les tournants.

*

SWISSHOO ! SWISSHOO ! SWISSHOO !

Les balles ont sifflé et les glaces ressemblent brusquement à des toiles d'araignées. Gyp le Sang, l'ignoble petit sadique, provoque Saddie la Chèvre, la pauvre brute épaisse.

— Jette tes armes, dit Saddie, l'air vicieux, qu'on fasse ça comme des hommes.

— D'accord, dit Gyp en sifflant entre ses dents rouges.

Huit hommes entrèrent à la suite de Gyp et la salle fut soudain très encombrée. Al Capone qui s'était terré près de l'escalier menant au premier étage vit avec horreur les loups se jeter les uns sur les autres et se manger les peaux. Il ferma les yeux et fit une découverte : c'étaient des *cow-boys*!

Ils se battaient pour le plaisir ! Pour épater la galerie, Gyp le Sang écrasait à gros coups de souliers ferrés les visages des petits voyous qui tombaient. Pour se faire plaisir, Saddie la Chèvre enfonçait ses mains dans les yeux d'un voisin. Tout cela était trop bête et inutile.

Al Capone, écœuré, se fraya un chemin à travers ces vieillards du crime. Pour célébrer son intelligence et pour enterrer leur bêtise, il prit une incroyable cuite. C'était la nuit. Dans New York pavoisé, une poignée de débrouillards se dépêchait de composer des marches militaires.

2

Lorsqu'il ouvrit les yeux, il était torse nu et en caleçon au milieu d'une cinquantaine de types en caleçon comme lui.

Il referma les yeux aussi vite. Il pensa, l'esprit gluant :

« Je suis encore saoul. »

Un aboiement lui fit rouvrir les yeux.

— *Come on, ya stups!* Allez, bande d'abrutis !

Les cinquante types en caleçon étaient toujours là. En plus, il y avait un rigolo en habit couleur d'herbe, avec un étui à pistolet accroché à la ceinture. D'autres rigolos passaient devant lui en portant la main au front. Au-dessus du front, on leur avait collé un chapeau pointu à larges bords plats — comme celui des chefs scouts.

Éberlué, Al Capone entendit quelqu'un prononcer son nom avec bienveillance :

— Volontaire ? T'en fais pas, p'tit, ça sera pas

long. Tu seras au combat dans moins de trois semaines !

La panique lui monta aux lèvres. Il put se retenir et ne vomit qu'une fois sorti du bâtiment. Cela acheva de le dessoûler.

*

Il pleuvait sur les tas de mâchefer. Le clairon s'arrêta de sonner.

— *All right, you guys* — bon, mes jolis, beugla le *Top Sergeant*, pour commencer son discours.

On avait tout de suite senti que ce serait un long discours et qu'il allait faire perdre aux soldats l'envie de rire de son ventre et de ses poils blonds sous sa pomme d'Adam. Le *Top Sergeant* était né dans le Tennessee et cela s'entendait lorsqu'il arrivait au bout des phrases. À Tullahoma (Tennessee), il vendait des paquets de luzerne. Le samedi soir, il buvait de la liqueur de maïs avec les amis de sa très jeune femme et lorsque la boisson lui avait engourdi l'orgueil, il percevait les amis qui s'affairaient autour de sa femme. Il était malheureux et il n'aimait pas les jeunes gens. Aujourd'hui, c'était fini. Il ne vendait plus de luzerne et l'on n'était plus à Tullahoma (Tennessee), mais au camp d'entraînement de l'U.S. Army à Fort Dix (New Jersey). Pour la première fois dans son histoire, son pays avait résolu de traverser les océans pour s'occuper du reste du monde et il faisait partie de cette gigantesque résolution. Pour toutes ces raisons, son discours était long.

La pluie dégoulinait des chapeaux des hommes en kaki. La boue jaune avait souillé leurs guêtres blanches. Leurs bretelles de sac leur sciaient les poitrines. Au garde-à-vous sous le ciel qui coulait, ils formaient une ligne infinie, couleur de tristesse et d'ennui. Certains comptaient les lattes de bois devant le P. X. Certains écoutaient le bruit des éperons aux bottes des officiers. Certains écoutaient le tic-tac de leurs montres dans leurs poches. Beaucoup pensaient à leur instrument que l'on avait déjà examiné trois fois et ils se demandaient pourquoi. Mais la plupart avaient fixé leurs regards sur le *Top Sergeant* et il le savait et c'était pour cela que son discours était long.

— Après la projection du film sur les atrocités commises par les troupes du Kaiser, vous aurez droit à deux heures d'exercice et après, toujours au pas, en colonne par quatre...

Il avait un *Staff Sergeant* à sa droite et un autre à sa gauche. L'un venait du Mississippi. L'autre aussi. Tous les sergents venaient du Sud. À croire que, depuis la guerre de Sécession, ils voulaient prouver à leurs compatriotes qu'ils étaient réellement les meilleurs militaires du pays et que leur défaite avait été une injustice !

— … parce que je veux que cette compagnie soit la meilleure compagnie de cette armée de ce camp, finit le *Top Sergeant*, pas essoufflé du tout.

Il jurait beaucoup, renouant ainsi avec les grandes traditions de l'armée américaine. Il regarda tous les soldats et souhaita qu'aucun ne survive. Il profita encore un peu de ce spectacle, puis il se dit qu'il pourrait recommencer tous les jours, à toutes les heures, alors, il bomba les poumons et libéra les jeunes gens vêtus de kaki, en criant :

— DISS — MISS ! ROMMM — P E Z !

Al Capone dit à son voisin qui courait s'abriter sous la tente :

— Rendez-vous dans dix minutes derrière le réfectoire. J'organise un poker.

*

Au bout de trois semaines, Al Capone n'était pas allé au combat.

Il avait plumé aux dés tous les deuxièmes classes de Fort Dix et, avec les dollars, il s'était acheté une place permanente à l'infirmerie. Il était quand même obligé de suivre l'entraînement et les cours : il dormait pendant le film qui montrait des soldats en casques à pointe pénétrer dans des villages étrangers. Il connaissait le film par cœur et il trouvait que ça ne valait pas les bagarres de *Dead Rabbits*.

Lorsque le sergent, tous les dix-huit jours, s'avançait lentement dans le dortoir et disait avec une étrange lumière heureuse dans les yeux :

— Mes enfants, je crois bien que, cette fois, c'est votre tour de partir.

Al Capone rampait jusqu'à l'infirmerie et larmoyait :

— J'ai mal à la tête.

L'infirmier, un alcoolique, voyait poindre entre les doigts boudinés de Capone la cinq *Spot* habituelle (cinq *Spot* : billet de cinq dollars) et le couchait sur la liste des indisponibles. Al Capone pensait : « Je les ai eus, ils croient tous que je suis malade. »

L'idiot, il l'était vraiment. La syphilis lui rongeait déjà les os.

— Capone ! fit une voix éraillée qui surgissait de son passé. Tu te parfumes toujours au mimosa ?

Il était étendu sur le lit, un thermomètre entre les dents. Il tressaillit. C'était Willie Stohl qui avait parlé. Il portait une salopette bleue et il nettoyait les fenêtres de la salle.

— Et toi, dit Capone méchamment, t'es plus avec ton copain Marty ?

Ils se regardèrent en se demandant comment ils avaient pu être amis. Willie, qui était devenu un grand sec aux joues creuses, comprit qu'il n'aurait pas dû mentionner le mimosa. Il se sentit drôlement inférieur.

— Non, dit-il, très petit garçon. Marty est parti il y a un mois. J'ai peur que j'y aille bientôt.

— C'est moche, laissa tomber Al.

Il aurait pu l'aider, mais pour quoi faire ?

Willie Stohl rejoindra Marty Acquavella en France. Après avoir répété *madermozels*, *couchay*, *wee*, *wee*, *aviaterr*, *lewtenong*, pour séduire les femmes d'aubergistes habillées en bleu-blanc-rouge, ils mourront tous les deux comme des héros. Ivres de calvados, une liqueur introuvable à Brooklyn, les deux nigauds s'élancèrent un soir à l'assaut d'un fortin allemand avancé qui les faucha irrémédiablement sans même réclamer le mot de passe. Leurs visages silencieux embrassèrent la terre picorée par les balles.

L'Armée, en général, ça fiche en l'air une intelligence. Les vieux de la vieille le savent bien lorsqu'ils regardent, assis sur les trottoirs en bois, les joyeux conscrits qui courent gâcher leur jeunesse sous les plis du *Star Spangled Banner*, le Drapeau étoilé. Ils en ont vu pas mal, des petits jeunes gens très chics quitter leur foyer, leurs talents et leurs illusions à la main et revenir au pays, des vrais enflés, tout juste bons à remplir des réservoirs de voitures dans les stations-service miteuses — et encore, ils font tomber la moitié de l'essence à côté et ils oublient d'essuyer le pare-brise ! tellement l'armée les a abrutis, tellement ils ne pensent qu'à une seule chose : se noircir au whisky rye ou se faire faire une pâquerette par la vendeuse du 5 × 10 *Cents Store.*

Remarquez, les vieux de la vieille, ils n'ont pas de quoi crâner non plus. Avachis sur les banquettes des *drugstores*, avec la tête qui branle et les yeux qui pleurent, ils possèdent un unique avantage : eux, ils savent. Ils y ont été. Ils vous disent en gloussant derrière un ice-cream soda à la fraise :

— Tu verras, *sonny* (fiston), quand t'auras fait ton service militaire…

Mais maintenant que les fistons sont revenus, aussi abrutis qu'eux, et disent en gloussant à leur tour : « Je l'ai fait, mon service, ben, j'ai rien vu ! » ils peuvent tous s'asseoir sur les trottoirs en bois et regarder la rue vide et se regarder en hommes de faïence, égaux dans la bêtise, la crasse et l'indifférence.

Tous en chœur, ils répètent :

— *The Army kills a man* — l'Armée, ça tue l'initiative.

Eh bien, pour Al Capone, ce fut tout le contraire. Jusqu'à ses vingt ans, il avait vécu assez bêtement. Il tuait beaucoup et souvent à tort et à travers. Il n'avait pas toujours choisi les meilleurs chefs. Bien sûr, aux *Five Points* ou chez Saddie, il leur avait fait le coup du « on pourrait s'arranger », et ils avaient tous suivi. Mais justement, Al Capone n'avait jamais exploité ses victoires. Il se négligeait. L'U.S. Army le remit dans le droit chemin. À l'ombre de ses tentes et de ses réfectoires, Al Capone décida qu'il ne tuerait que pour se défendre — ce qui donnerait, prévoyait-il, un total de sept à huit cadavres par mois, pas plus. Il mit au point l'essentiel de sa philosophie qu'il devait, plus tard, coucher sur le papier et livrer aux foules : « L'argent gouverne le monde et il reste honorable tant qu'on ne sait pas d'où il vient. »

Il n'allait pas chez les femmes. Il forcissait. Il commençait à se dire de plus en plus fréquemment qu'il était plus intelligent que les autres.

Mais surtout, il lui était arrivé un grand bonheur. Il avait découvert les mitraillettes.

*

Il faut être juste : paresseux et maladroit comme il l'était, Al Capone n'aurait peut-être pas réussi dans le crime si son destin ne l'avait fait grandir en même temps que la mitraillette. Un pistolet, c'est bien gentil, mais on ne peut pas lui faire confiance, à moins de le coller en ventouse contre l'abdomen du collègue. Dès qu'on s'éloigne de cinq mètres, c'est fini, la chance retrouve ses droits. Tandis qu'une mitraillette ! Une légère pression de l'index et du médius, une rafale, et cela vous abat sans effort et sans bavure votre grappe d'hommes.

*

Elles étaient belles et elles luisaient sous l'huile comme une pécheresse sous la lumière des lampes à arc.

Le *Top Sergeant* en saisit une.

— Mes enfants, dit-il, conscient de la gravité du moment, qu'il me soit permis de rendre ici hommage à un grand Américain et un vrai patriote : Lucius J. Thompson, l'inventeur de la submachine-gun, la mitraillette, qui porte son nom.

Fascinés, les soldats contemplèrent cet animal noir et fiévreux qui ronronnait dans les bras du sergent. Al Capone sentit la vérité l'envahir et il courba le tête. Il n'avait jamais rien vu d'aussi beau depuis son premier billet de cent dollars.

— La Thompson, mes enfants, continua le sergent dans un silence de sable, se porte sous le bras, comme une béquille que vous levez à la hauteur de votre ventre.

Il joignit le geste à la parole parce que ses comparaisons n'étaient pas très bonnes et que les recrues avaient froncé les sourcils.

— La main droite sur la poignée, la main gauche sur le chargeur, fit le sergent.

Il s'arrêta quelques secondes. Le temps passa. On entendait, dans le brouillard, le son nouveau et déjà familier de l'automobile.

— Maintenant, la pratique, dit le sergent avec férocité. Le doigt sur la queue de détente — vous tirez vers vous le levier d'armement et vous arrosez l'ennemi. Surtout, prévint-il en levant la main, pointez votre tir toujours plus bas que votre objectif et un peu à gauche. Si possible, termina le sergent, tirez par rafales de deux ou trois balles, pas plus. Un temps d'arrêt et, à nouveau deux ou trois giclées. Comme ça, votre tir est plus efficace.

Ils étaient assemblés sur le champ de manœuvre. Le sergent écarta un peu les jambes, pivota et tira dans le vide. Cela fit un bruit énorme, métallique et monotone.

— Comme une machine à écrire, murmura Al Capone, rêveur.

Comme une machine à écrire, comme un ukulélé, comme une mandoline, comme un piano mécanique.

Le *Top Sergeant* de Fort Dix ne comprit pas sur-le-champ pourquoi le deuxième classe Capone qui, de toute façon, ne partait pas pour le front, suivit avec tant de passion les cours d'entraînement à la mitraillette. Et aussi, il faut l'ajouter, ceux de la grenade et de la mitrailleuse (modèle Maxim-Vickers amélioré : trois cents balles à la minute). S'il avait arpenté, deux ans après, la South Lincoln Street, à Chicago, à 9 h 30 du soir, il aurait vu le crapaud en chemise rose et gilet à fleurs, sa béquille à la hauteur du ventre, tirer bas et un peu à gauche en direction de la porte d'entrée du bar d'un nommé Klepka. Alors le sergent aurait pu dire :

— J'ai eu un bon élève.

Sauf votre respect, sergent, l'élève avait dépassé le maître.

*

À la onzième heure du onzième jour du onzième mois, les canons s'arrêtèrent, les fusils tombèrent des épaules, les mitraillettes se turent. Il s'ensuivit alors un étrange silence incroyable comme si le monde avait cessé de vivre.

Et puis on entendit un soupir de soulagement

et de joie, un concert de klaxons, un hurlement de sifflets, un déchaînement d'orchestres, de trains et de cloches d'églises et par-dessus tout, un cri de voix tel qu'on pensa qu'il faudrait plus d'une génération avant que la terre connaisse à nouveau une jubilation pareille.

C'était l'après-guerre. La première.

Lorsqu'ils revinrent au pays, les Américains eurent du mal à reconnaître leur univers. Il avait changé et eux avec :

C'était un univers qui avait dit adieu aux carrioles à roues d'érable rouge traînées par des chevaux blancs élevés dans le Kentucky. C'était un ciel dans lequel apparaissaient les aéroplanes. C'était un autostrade envahi par un fourmillement de moteurs. C'était une ville pleine d'ouvriers, de grévistes et de chômeurs. C'était un hall d'hôtel où des femmes, à qui on avait donné le droit de vote, gigotaient dans leurs chemises et sous leurs chapeaux cloches au son d'une musique de nègres.

Les Services d'Immigration, inquiets, s'apercevaient que les Américains faisaient les bébés au même rythme que les avions, les voitures, les trompettes et les usines. Ils se comptèrent entre eux et soudain ils comprirent qu'ils étaient 105 millions et 711 000 citoyens et que cela faisait une nation. Alors, ils freinèrent la vague qui venait de la vieille Europe pour rejoindre les cousins, qui, étalés sur la plage, leur avaient dit :

— *Come on join us!* Joignez-vous à nous ! Y a du soleil pour tout le monde !

Les vannes se fermèrent et l'Amérique, qui avait fait son plein, pensa qu'elle avait beaucoup de bon grain et pas du tout d'ivraie et qu'il ne fallait pas forcer la chance. Mais il était trop tard ! Débarrassée de sa couleur kaki, la silhouette corpulente et grotesque d'un jeune criminel italo-américain s'avançait dans les années 20 en remuant les épaules.

Il n'était pas encore possible de l'expliquer, mais Al Capone arrivait juste au bon moment. Il avait réintégré la vie civile avec une recommandation de ses chefs, un étui à violon au bout de sa main droite et une balafre hideuse sur la joue gauche.

*

La recommandation : lorsque les soldats quittent l'U.S. Army, ils reçoivent une carte de démobilisation qui peut s'appeler *dishonorable discharge*, ou *honorable discharge*. Dans les premiers cas, c'est parce que le soldat a trop fait de cachot ou qu'il a trop ouvertement flirté avec la femme du capitaine. La *honorable discharge* signifie, au contraire, que l'on est satisfait et que votre futur employeur peut vous faire entièrement confiance. Al Capone, non seulement eut droit à son diplôme de bonne conduite, mais encore, le *Top Sergeant*, qui avait un sérieux litre de bourbon derrière le nez, ajouta :

— Vous avez un exc-excellent caractère, mon p'tit. Allez !

Et Al, ricaneur, s'en alla à New Jersey dans le brouillard et sous la pluie. (La recommandation ne lui servira à rien.)

L'étui à violon : il contenait une merveilleuse *Thompson Submachine-gun*, avec plusieurs chargeurs de rechange. Al l'avait subtilisée au magasin d'équipement de Fort Dix.

La balafre : Al se l'était appliquée sur la joue gauche après trois heures d'hésitation.

La balafre :

Aux tueurs de Chicago qu'il rencontrera dès son arrivée, il dira, avec modestie : « J'ai fait la guerre. J'ai attrapé ça en attaquant Moonfauckooonn — Montfaucon —, en compagnie de ce vieux Persh' — le général Pershing. »

À ceux des *Five Points*, toujours fidèles au poste, sur les quais d'East Brooklyn, il lancera, avec négligence :

— C'est une bagarre que j'ai eue à propos d'une fille avec un dingue qui s'appelle Franck

Gallucio. Je voulais faire un carton avec sa sœur. Il voulait pas. On s'est expliqués. Il est mort.

À ceux du *Dead Rabbits Cafe*, qui se sont rangés et qui ont commencé à travailler pour Lucky Luciano, un mec dangereux, Al Capone dira, d'un air pudique :

— Vous savez, Château-Thierry, je croyais pas que j'en reviendrais.

(Le faiseur ! S'il avait pu, il aurait acheté à prix d'or la Médaille du Congrès. Mais à l'époque, il fallait vraiment avoir été héroïque pour la décrocher !)

Et à sa mère qui l'étouffe de spaghettis, et de baisers pleurnicheurs :

— J'peux pas te dire qui m'a fait ça, m'man.

La vérité, la voici : dans le train gris acier qui ramène les démobilisés de Fort Dix à New York, les jeunes gens l'ont regardé avec curiosité. Il n'avait pu s'empêcher, sorti de la puanteur des casernes, de reprendre ses vieilles habitudes : il s'était aspergé la poitrine d'une bouteille entière d'eau de mimosa. On lui avait rendu ses vêtements de jeune homme en civil et il éclatait dedans. Il avait grossi. La vie de garnison l'avait gavé comme une oie. Mal à l'aise dans son costume bleu ciel de jeune tueur new-yorkais, entouré d'un nuage de mimosa, il faisait sourire les Américains dans le train. Ils avaient envie de l'appeler « Madame ». Arrivé à Grand Central Station, il se perdit entre les gratte-ciel et acheta quatre complets noirs dans un magasin spécialisé pour Big-Sized-Men — Les Gros Hommes. Il prit une chambre dans un hôtel et se regarda dans la glace.

— C'est pourtant vrai que je fais pas assez peur, dit-il au gras voyou qui le regardait dans la glace.

Il posa son étui à violon sur le lit et il mit son costume neuf. Il se regarda de nouveau. Cela allait mieux. Il but au goulot de la bouteille enveloppée dans un sac en papier marron. Au bout de deux heures il était sous pression. Il trempa son couteau à cran d'arrêt (Italian Stiletto, 3 dollars 50, n'importe quel drugstore, Broadway), dans le whisky et il se taillada lentement le visage. La main lui tremblait. Il appuyait, il appuyait. Le sang lui dégoulina. Il ne s'évanouit pas parce qu'il avait été garçon boucher dans le temps.

Tous les enfants ont fait ça un jour pour se punir ou pour qu'on parle d'eux. Alphonso Caponi a fait ça pour ressembler à Al Capone. Pour ressembler à l'image, que, dans le fond de son âme, il s'était fait de lui-même.

Il sort dans la ville, retrouve les tueurs. Ils s'ébahissent et chuchotent :

— Scarface ! Scarface !

— Le Balafré ! (*Scar* = cicatrice — *face* = visage).

Scarface ne sourit pas et il fait peur. Il participe à quelques coups sans importance et se laisse agrandir les balafres au cours d'échauffourées. Il vit un moment avec une fille maigre et il trahit ses copains en refusant de partager la paie d'une compagnie d'autobus qu'ils dévalisèrent un samedi matin.

Le samedi soir, Scarface a fui la ville. Le train qui l'emporte vers Chicago fait un bruit d'orgue électrique. Dans l'étui à violon, la Thompson somnole, encore vierge.

3

— Tout ce que j'ai à dire, c'est qu'il faut beaucoup de sang-froid pour vivre dans ce monde.

Telles furent les dernières paroles d'un certain John H. Farmer avant d'être pendu avec ses deux fils par la populace à Provo (Utah).

Les petits enfants en firent une ballade mélan colique qui erra tout le long du pays et qui allait à peu près ainsi :

John H. Farmer was right
He certainly was very bright.

John H. Farmer avait raison
C'était certainement pas un con.

*

Il fallait beaucoup de sang-froid pour vivre à Chicago en l'an 1920. C'était la ville la plus jeune, la plus féroce et la plus laide du pays le plus jeune, le plus féroce et le plus beau du monde.

En indien, Chicago (prononcez *shi — Kâaaa' — go*) veut dire « Oignon Sauvage ». La ville est traversée par l'Illinois, qui signifie, toujours en indien, la « Rivière des Hommes ». Les gens qui veulent vous faire croire qu'ils connaissent bien la ville disent « Chi ». Mais c'est une aussi lourde gaffe que de dire « Frisco » pour San Francisco.

Chicago : Un dentiste, arrêté pour avoir violé sa cliente au cours d'une consultation fut immortalisé pendant une édition par le titre : *Dentist Fills Wrong Cavity* = « Un dentiste se trompe de cavité. »

Chicago : La poule de « Salt Lake » Webb téléphona aux *cops* et leur révéla que l'affreux bandit était étendu dans un lit de La Salle Street avec une autre femelle. Quatre *cops* accoururent pour arrêter le tueur. Ils le découvrirent qui cherchait fébrilement ses longs caleçons. Devant l'importance de la capture, un des *cops*, un jeune, s'écroula, frappé d'un arrêt du cœur. Alerté par ses lieutenants, le chef de la Police vint lui-même sur place et vida un chargeur entier de son revolver dans le ventre du policier mort — pour sauver l'honneur.

Chicago : La Compagnie des Taxis Jaunes (*Yellow Cabs*) faisait la guerre aux Taxis à Damiers (*Checkers Cabs*) et payait des géants pour qu'ils balancent les passagers hors des voitures rivales dans la rigole. Vous comprenez, en 1920, aux États-Unis, on n'avait pas encore complètement adopté la publicité ; alors, les concurrences se réglaient toutes ainsi : à main nue. Le quotidien, le *Chicago Examiner*, faisait la guerre au quotidien le *Chicago Tribune*, et chaque journal envoyait des nains musclés et vicieux à travers les tramways aux heures de pointe pour arracher la publication rivale des mains des passagers. Si les passagers résistaient, ils étaient balancés dans les rigoles. Pauvres passagers ! qu'ils prennent les taxis ou les tramways, ils se retrouvaient toujours dans les rigoles et ils ne comprenaient jamais pourquoi ! Ils ne comprenaient pas qu'ils étaient le public avec un grand P, le consommateur avec un grand C.

Chicago 1920 est habité par 2 701 705 habitants dont 912 701 blancs d'origine étrangère. On appelle parfois Chicago la Cité du Vent.

Entre les arbres de fer et de pierre de Chicago, vit une race spéciale d'animaux que les anthropologistes ont classés sous le nom de Chicagorilles. Ils portent des chemises de soie tourterelle, des diamants à leurs ceintures et ils ont des mains comme des roues de tracteurs. Les Chicagorilles ne parlent pas très bien l'américain mais ils savent conduire les automobiles et tirer au pistolet.

Le maire de la ville, William Hale Thompson, — tout le monde l'appelle Big Bill — est fréquemment accusé de voler l'argent du Trésor Public et de le distribuer à ses amis. C'est à peine faux. Les gens l'ont réélu parce qu'il a promis de faire la guerre au roi George V — le roi des Anglais. Ici, à Chicago, on n'aime pas les Anglais. Ce sont des poireaux maladifs et visqueux qui parlent une drôle de langue, vaguement copiée sur la nôtre…

On a cru pendant longtemps que Dieu avait ignoré Chicago.

Au début, c'était un fortin sans prétention. Il avait une grande valeur stratégique car il était situé sur les bords du lac Michigan, pas loin du Mississippi, assez près des Grandes Plaines. Les Indiens attaquèrent le fort en 1812. Ils arrachèrent les cheveux des trappeurs et leur trouèrent le crâne. Ils déposèrent les têtes sur le sable du grand lac. Les mouches, les albatros et les oiseaux de proie volèrent autour pendant quelques heures. Puis, le vent souffla très fort et l'eau recouvrit à jamais les paquets de charogne.

Souvent, par la suite, Chicago croira entendre la chanson de ses morts. À chaque fois que le vent glacé dévale du lac et dégringole dans les rues en gueulant, c'est un peu les trappeurs égorgés qui chantent l'horreur de leur fin. C'est un peu l'hymne de la mort qui souffle entre les gratte-ciel en charriant une odeur de pourriture. Écoutez les beuglements des premières victimes. Elles ont laissé un héritage d'injustice et de violence.

L'héritage sentira toujours mauvais. D'abord, dès 1875, l'odeur du bœuf qui fume, qui saigne, qui meurt, qui chie, qui traverse les rues de la ville, mené par les *cow-punchers* venus du Mexique et du Texas. Puis, les abattoirs devenus plus gigantesques, c'est l'odeur du porc qui se découpe, qui se triture, qui se hache, qui s'écrase. Aujourd'hui, ce serait plutôt une odeur chimique, une odeur d'essence, d'acier qui fond et d'ordures qui brûlent, mais cela n'est pas plus agréable.

Les Américains qui apportèrent les bœufs, les porcs et l'acier pour construire leur ville, crurent, pendant longtemps que Chicago était ignoré de Dieu. On tuait, on violait, on avortait, on éventrait, on démolissait. Il y avait des cadavres dans le béton que l'on coula pour construire les gratte-ciel du Loop. Tous les quarts de siècle, un incendie ravageait deux grands magasins, des écoles et quelques églises. Aujourd'hui, le risque d'incendie est moins grand : il n'y a plus une seule maison en bois, le vent est freiné par les skyscrapers et le Fire Department de Chicago possède la meilleure équipe de pompiers des États-Unis. Ils ont des tuniques bleu foncé et des gros chiffres blancs peints sur leurs casques.

Le 24 juin 1908, Chicago s'aperçut, avec soulagement et un peu de déception aussi, que Dieu ne l'avait pas ignoré et que c'était une ville américaine comme les autres. C'est-à-dire une ville où tout arrive, même le merveilleux. Ce jour-là, une fille mère nommée Mary Deane abandonna son enfant nouveau-né enveloppé dans du papier journal, sur les marches de la St. Hubert's Catholic Church, dans l'East Side. Il était neuf heures du matin. Un groupe d'écoliers irlandais passait devant l'église. Les enfants virent le paquet. Ils le tâtèrent sans l'ouvrir. Comme le bébé remuait peu, ils crurent que c'était un morceau de viande. Ils renforcèrent le paquet avec un autre journal ramassé dans la corbeille du parc municipal. Puis, le paquet sous le bras, ils se dirigèrent vers un terrain vague, le Dirty Corner, le long du North Lake Shore — la rive nord du lac. C'est là qu'ils jouaient au football américain — une sorte de rugby. Arrivés sur le terrain, ils décidèrent que le gros paquet enrobé de journal ferait un beau ballon. L'un d'eux, Tim O'Connell, dix ans, le prit et le lança très haut dans l'air, comme c'est l'habitude dans ce sport. À ce moment-là, Tim et ses camarades entendirent un hurlement qui venait du paquet. Ils eurent horriblement peur.

Jack Oakies reçut le ballon entre ses bras. Le ballon chialait et gigotait dans son écorce de papier. Ce n'était pas un ballon ! Jack, Tim et les enfants de Chicago déposèrent la chose sur la rive du lac et ils s'enfuirent en courant, effrayés. Un *Lake Coast Guard* — police du lac — aperçut les écoliers qui détalaient et il vit la chose au bord de l'eau. Il ramassa la chose, arracha les journaux et s'aperçut que c'était un bébé.

— *Wow!* siffla le *cop* ébahi.

Ce qui ébahissait le *cop* — ce qui ébahit la presse qui, deux heures après raconta toute l'histoire « à la une » — ce qui ébahit la fille mère qui, alléchée par toute cette popularité, décida de se faire connaître — ce qui ébahit les habitants de Chicago — ce n'était pas tellement l'aventure de ce paquet de papier journal, c'était surtout que l'enfant ait survécu, qu'il ne soit pas mort en route. Le *Chicago Tribune* fit un éditorial : « Enfin, la Main de la Vie ! Enfin, le triomphe de la Vie ! » Et le *Chicago News*, plus réaliste, titra : « *Baby Beats Death* » — « Un bébé l'emporte sur la Mort ».

Ainsi Dieu existait, et les miracles pouvaient

aussi avoir lieu dans cette ville inhumaine. Le *cop* et sa femme adoptèrent le petit et l'appelèrent Moïse. Depuis, il a vécu une vie très ordinaire.

Les villes américaines sont souvent symbolisées par des fleurs. La fleur de Chicago, c'est la violette. Allez savoir pourquoi.

*

— Colosimo, j'te présente Al Capone. C'est un bon p'tit.

Colosimo éructa et l'on sentit qu'il avait mangé des palourdes à l'ail.

— Salut, p'tit, dit-il, amusé.

— Salut, dit Al, en pensant, il n'est pas tellement gros.

Johnny Torrio regarda l'ancêtre et le jeune homme et se demanda s'il avait bien fait de prendre Al Capone à son service. Il avait l'air tellement doux que cela cachait des choses.

— Où as-tu trouvé ce balafré ? lui demanda Colosimo.

Colosimo, qui avait balayé les rues et qui trônait aujourd'hui sur cinq cents bordels, avait de la cendre dans ses moustaches. Il avait l'air d'un vieux phoque mais les phoques ne sentent pas l'ail.

— Je le connaissais de New York, dit Torrio, qui était devenu le sous-patron de Colosimo.

On avait eu raison : Torrio la Méfiance avait fait son chemin. Il avait vu juste : il retrouvait le petit Capone. Le petit Capone n'était plus petit du tout. Il souriait gentiment mais Torrio, qui était méfiant, n'aimait pas son gentil sourire. Ni sa vilaine balafre. Ni son étui à violon noir.

— Bon, dit Al, en pensant : c'est vraiment un vieux gros paquet, ce Colosimo.

— Bon, dit Torrio, voilà.

— Écoute, dit Colosimo à Capone, tu reçois des ordres de Torrio qui en reçoit de moi.

Il n'était déjà plus dans la course, Colosimo. Vautré dans son fauteuil de cuir noir, il se gonflait et se dégonflait comme une baudruche. C'était sa manière à lui de respirer. À travers ses yeux bouffis par les nuits de bière, d'amour et de corruption, il entr'apercevait les deux hommes jeunes, Italiens comme lui, et il se disait : « J'aurais pu faire un plus mauvais choix, ce sont de bons petits. »

Les bons petits se tapaient sur les épaules avec amitié.

— Ce vieux Capone, disait Torrio, un peu inquiet.

— Ce vieux Torrio, disait Capone, un peu prudent.

Ils avaient vite senti qu'ils finiraient par se trahir l'un l'autre parce que le magot était trop beau et qu'ils étaient trop gourmands. Mais ils comprenaient aussi que le phoque, dans son fauteuil, n'avait peut-être pas éructé son dernier rot.

Le magot ? Chicago. Une marmite géante bourrée à en faire sauter le couvercle, de femmes à vendre, de juges de paix à acheter, de *saloons* à exploiter, de pigeons à plumer dans les clubs de jeux. Une formidable marmite qui bouillait en permanence. Les bulles qui sortaient de dessous le couvercle s'étendaient jusqu'à la limite de l'État de l'Illinois. Le Middle West tout entier baignait dans le jus obscène de la marmite.

— Alors, à tout à l'heure, dit Colosimo sans bouger.

— À tout à l'heure, dit Torrio, très à l'aise.

— Salut, dit Capone, et il tendit sa main vers le vieux.

Le vieux, étonné et paternel, la lui serra. Al Capone pensa : « C'est un sentimental. » Et il tenta de dissimuler ses projets derrière son chapeau de paille blanche.

*

Deux jours après son arrivée dans la ville, Al Capone dépucela sa mitraillette. On trouva devant l'Académie de Billard Slick, un corps percé, celui de Vince Cosmano, un quadragénaire qui parlait fort et qui avait dit, mains dans les poches :

— Colosimo, c'est une tante.

Les tueurs se penchèrent sur son corps et ils y virent la marque d'une nouvelle ère : il n'y avait pas six balles, ni même douze, ni même trente-deux, mais cent cinquante dans le cadavre du ridicule Cosmano. Sa chair avait été grignotée de part en part. Le Balafré avait signé le règlement de comptes avec une machine à écrire. Une semaine plus tard, le gang Colosimo-Torrio était armé de Thompsons. L'adjudant Capone, au matin, près du parc de base-ball, apprit aux hommes à jouer de l'ukulélé. Dans la brume autour du parc, les canons des mitraillettes rougeoyaient comme des milliers de cigarettes pendant un match de boxe.

Les tueurs, d'habitude, ils dépensent leur solde dans les *saloons*, autour du bar ou de la table de jeux. Et aussi, ils font du tir à l'arbalète chez les bonnes femmes.

Al Capone, il n'avait pas fumé son premier cigare chicagoan qu'il se trouvait déjà une couverture pour envelopper son vilain métier : garde du corps de M. Colosimo. Il loua, au rez-de-chaussée de Wabash Avenue, une boutique qui faisait le coin avec le coin de la rue. Dans la vitrine, en vrac, il jeta : un piano — qui avait appartenu à une comtesse russe, un aquarium — sans eau ni poisson ; un fauteuil à bascule — des vieillards du Kansas y avaient basculé leurs maigres fesses ; une lampe à acétylène et le texte complet de l'Ancien Testament.

Au Registre du Commerce de la ville de Chicago, à la licence n° 04378, entre les raies noires (comme un cahier d'écolier), on put lire : Alphonse Capone, Marchand de Curiosités et de Meubles d'Occasion. Debout devant la porte de sa boutique infâme, il digérait le ravioli de chez Esposito et il souriait aux passantes qui passaient et qui pensaient en passant :

— Il a l'air très bien ce jeune homme.

Oui, mais la nuit, il mettait des journaux froissés sur tout le plancher de sa chambre. Personne n'aurait pu poser un pied sur les journaux sans qu'il se réveille en sursaut, pistolet à la main.

Il était cinq heures moins le quart. C'était l'heure où les chicagorilles viennent boire.

— Tu vois, Al, maintenant, avec la Prohib, disait Torrio en suçant du piment, va falloir pouvoir s'organiser des vraies équipes. Pas des rigolos comme à New York. Des vraies équipes.

— Sûr, dit Al, la voix traînante. Et il se leva aussi sec.

Il était sept heures moins le quart. C'était l'heure où les chicagorilles continuent de boire.

Capone revint et s'assit en face de Torrio qui n'avait pas bougé et il parla pendant quelque temps. Après, il lui livra son calcul : il avait une armée de deux cent cinquante hommes.

— C'est bien, p'tit, dit Torrio, accablé.

Il considérait ce qu'il avait déclenché. Hélas ! il en est souvent ainsi : à force de ne rien faire et de donner les ordres aux sous-fifres, vous finirez par voir les sous-fifres pénétrer votre bureau. Vous restez assis à votre bureau, mais les sous-fifres s'asseyent sur votre gueule et vous font dessus. À chaque fois que Torrio demandait à Al de s'en occuper — avec le secret espoir qu'Al échouerait — Al s'en occupait et gagnait du terrain. Al Capone, on ne peut pas dire qu'il avait la grâce, mais c'était un besogneux : fallait bien qu'il réussisse.

En 1923, il aura levé une armée de sept cents hommes.

*

Les pianos faisaient *Wackadoo — wackadoo — wackadoo — wack !* (C'est le rythme du charleston.)

Dedans, la chanteuse était blonde et l'on avait bien envie de lui combler sa lacune. Mais c'était la poule du Gros Jim et personne ne la toucha jamais.

Dehors, en freinant devant la porte, les Stutzes faisaient : *Shoopetty — shoopetty — shoopetty — shoop.* (C'est le bruit du moteur.) Les Stutzes, d'ailleurs, étaient magnifiques : basses comme un serpent et rouges comme une grange de l'Indiana. Les voitures de rêve ! Des Sport Roadster, deux places, trois pneus de rechange collés à l'arrière comme un faux cul d'actrice vieux siècle, des phares projecteurs mobiles sur les côtés, près du volant, pour surprendre les amoureux, la nuit dans les fossés, et des marchepieds qui faisaient plutôt penser aux escaliers de la Maison Blanche quand le Président, il reçoit des étrangers, et qu'il a mis des tapis partout. À les voir, comme cela, freiner devant les portes du Colosimo Café, les bagnoles faisaient riche, distingué et pas du tout fabriquées à la chaîne.

Le gros Colosimo roulait les cigares entre ses doigts de chêne. À sa table, il y avait du monde. À la table de Al, au fond, le dos au mur, il y avait Al. Il attendait et, en attendant, il regardait la nuque marron foncé de son patron. On n'aurait pas dû le laisser seul, comme cela, entre deux tueries, à regarder la nuque des hommes qui se trouvaient sur son chemin. On aurait dû mettre des femmes et des bouteilles entre lui et son intelligence jusqu'à ce qu'il en devienne idiot. Il vivait trop seul pour ne pas finir vainqueur.

— Joe Howard a encore fait le mariole.

C'était Torrio, serré dans un smoking comme un inverti dans un tutu, qui venait de parler.

Les tueurs ne sont pas bavards. C'est peut-être que leurs mamans ne leur ont jamais donné des leçons de vocabulaire. Peut-être aussi que leurs yeux parlent pour leurs lèvres, comme les animaux ; toujours est-il que, lorsque Torrio chuchota : « Joe Howard a fait des siennes », cela voulait dire :

— Avec la Prohib, les gangsters se combattent les uns les autres. Maintenant qu'ils sont les seuls à assurer la vente et le transport illicite des alcools dans tout le territoire des États-Unis, ils pratiquent, à leur tour, la concurrence à main nue. Sur les routes du Middle West, des camions chargés de caisses de whisky sont parfois attaqués par des hommes en chapeau triste. Ces hommes sont des *Hijackers* : des détrousseurs de grand chemin, en somme. Ils agissent seuls ou à deux ou trois. Ils volent un camion par-là et par-ci à des bandes organisées. Les bandes organisées sont mécontentes. Elles n'aiment pas les gâcheurs de métier. Vous allez dire : pendant ce temps-là, que font les *cops* ? On vous répond : les *cops*, ils aident les enfants à traverser les rues aux sorties des écoles (Les enfants sont furieux. Ils peuvent très bien faire ça sans eux). Bref : Joe Howard, qui travaille en solo, lui aussi, a cru drôle de *hijacker* un camion de la bande à Colosimo. On a laissé faire (on est généreux). La deuxième fois, on prévient Al Capone.

Voilà ce que voulait dire la méchante lame de rasoir qui brillait dans les yeux de Torrio. Al Capone se leva et sortit.

— *Man, they sure chickened out!* Mon vieux, ils se sont plutôt dégonflés !

Il reste dix minutes à Joe Howard pour vivre, mais il n'en sait rien. Il parade, il plastronne, il papote. Un vivoteur, le vieux Joe. Il terminait son existence en allégeant les coffres-forts. Il croyait encore à l'ancienne Amérique, celle des Colts à barillet, des pipes taillées dans les épis de maïs et des bandits solitaires. Il était né bien avant le siècle et cela lui donnait des complexes : il s'imaginait qu'il avait des droits. Seulement, voilà, il était honnête.

— Moi, je tuerais jamais un ami, disait-il, les larmes aux yeux, ce qui le discrédita auprès des chicagorilles. Un tueur comme ça, c'était tout juste bon pour le National Museum de Washington, empaillé entre un buste de Davy Crockett et les restes de la dernière diligence.

Capone est déjà dans sa voiture en direction du Heinie Jacob's Bar. Il est assis tellement bas que sa tête a l'air d'un canon de mitrailleuse entre les moteurs d'un avion de chasse. Il reste huit minutes à Joe Howard.

— *Good old days!* C'était le bon temps ! chante-t-il en éclusant sa bière.

Jusqu'à son argot qui se démodait. Il disait *simoleon* pour dollar, alors que, cela n'échappe à personne, il faut dire *buck*. À ses côtés, le long du comptoir, un charpentier nommé Runelsbeck et un chauffeur nommé Bilton, l'écoutent avec passion. Ils sont mariés et ils ont des enfants, mais le vendredi soir, n'est-ce pas, on peut quand même se mêler à la pègre. Cela vous aide à vivre le reste de la semaine. Pour eux, Joe Howard, c'est quelqu'un.

Six minutes.

Al Capone a débrayé et il se ramasse de la voiture et il se dépose sur le trottoir. Le soir de mai enveloppe la ville. Bilton, le chauffeur, sue dans son uniforme bleu marine.

Cinq minutes.

Runelsbeck, le charpentier, sue sous sa casquette. Il y a de la tendresse dans ses sourcils poudreux et ses cheveux touffus et jaunâtres. Il a un visage parcheminé comme les copeaux de son atelier.

Trois minutes.

Ce sont d'honnêtes hommes et Joe Howard n'est pas un monstre. S'il était resté un gentil vagabond, un peu enclin à la cambriole, bien sûr, mais quoi, il faut bien manger, il n'aurait jamais risqué que la prison. La Société n'est pas cruelle. Mais voilà : il a voulu jouer avec les gangsters. Les gangsters, ils n'ont pas de prison pour punir les contrevenants. Chez eux, c'est l'exécution capitale à tout coup. On n'échappe pas à la justice des messieurs à chemises roses. Avec eux, le crime ne paie pas. Avec la société, le crime, cela rapporte. Voyez Capone.

Une minute.

Il ne reste plus dans le fond du verre qu'un fond de mousse de bière. Le bruit de bois de la porte-revolver qui tourne sur ses gonds n'est pas un bruit effrayant. Le charpentier et le chauffeur ne regardent même pas vers l'entrée. Mais Joe qui avait, malgré tout, une espèce de réflexe, s'est retourné. Vous savez, le réflexe des hommes seuls dans les *saloons* lorsqu'ils n'ont pas le dos au mur et que, par conséquent, n'importe quel hurluberlu peut faire un carton dans leur épine dorsale. Jesse James, le brigand bien-aimé, chez les cow-boys, c'est ainsi qu'il a fini sa carrière. Il clouait un tableau au mur de sa maison et il avait tourné le dos à un jeune godelureau qui le tua pour faire parler de lui dans les chansons du folklore. Joe Howard connaissait l'histoire et il admirait le brigand — c'est dire qu'il était vieux jeu.

Trente secondes. Il reste trente secondes à Joe Howard pour vivre. Mais il ne le sait toujours pas, car, n'est-ce pas le jeune et robuste Capone qui s'avance devant lui ? Un petit très aimable.

— *Hello*, Al ! dit Joe avec de la bonté dans le sourire et il tendit sa main dans un geste large qui signifiait aussi, viens boire une bière, Al, tu vois, on est ici entre amis, un charpentier et un chauffeur, et moi, Joe Howard. Il fait doux et même chaud. La vie est belle.

Al Capone tendit la main aussi mais au bout de la main il y avait un 45 Spécial Police, et il tira six balles demi-blindées qui firent des petits trous en entrant dans la vie de Joe Howard et des grosses déchirures une fois entrées. À l'intérieur des poumons de Joe, elles se frayèrent une voie champignonnée, si bien que le trou de sortie fut aussi gros qu'une soucoupe et que Joe était mort dans les règles. Figé sur ses lèvres mouillées par la bière, un sourire atroce baignait sa figure innocente.

Le charpentier et le chauffeur n'ont rien dit et Capone n'a même pas jugé nécessaire de les prévenir que, s'ils parlaient… Une demi-heure plus tard, les *cops* :

— Qui c'était, qui c'était ?

Le charpentier, le chauffeur et Jacob, le barman :

— Al Capone, Al Capone.

Une heure plus tard, les journaux :

« *Tony Scarface Capone* », etc., avec un portrait pas trop ressemblant. C'était le 8 mai. Le 9 mai, Al Capone n'était pas en ville. Deux jours plus tard, le charpentier, le chauffeur et Jacob, le barman :

— On sait pas, on sait pas. On a rien vu.

Planqué au troisième étage du « Quatre Deux », de South Wabash Avenue (N° 2222 — c'est simple), Al Capone ne bouge pas et il a fait venir Marcelle la Française. Elle n'était pas plus française qu'un grizzly du Montana, mais elle était rousse et elle savait exciter l'homme. Et puis, elle avait remarqué que les Américains avaient une grande confiance dans les capacités sexuelles de la femme *made in France* : souvenirs de 14-18 sans doute. Elle est entrée dans la chambre un journal sous le bras et la lèvre inférieure, ramasse-miettes, en avant. Al Capone a d'abord lu le journal.

— Ils m'appellent Tony ! soupira-t-il avec mépris. Mais il n'était pas trop vexé. Il ne courait pas après la gloire. C'était un sage. Il y a des petits de la campagne qui ne recherchent vraiment que ça : au bout du canon de leurs pistolets, un avènement en huit colonnes à la une. Lui, Al, qu'un reporter négligent l'ait appelé Tony, cela ne lui faisait pas trop mal à l'individualisme. Cela prouvait qu'il avait su vivre à l'écart des casiers judiciaires et des archives de journaux. Anonyme et sanglant, il gravirait les marches de la puissance dans le monde du crime. Une fois là-haut, pas de problème : la gloire arrive toujours après la puissance et le monde s'occuperait assez de lui et saurait épeler son nom.

— Dis, Scarface, tu m'as pas fait monter pour jouer au loto ?

Marcelle la Française s'était vautrée sur le lit d'acajou et elle avait gardé ses chaussures. Al Capone fit un effort. Elle eut un long tressaillement qui lui monta du ventre à la tête et elle soupira avec ferveur :

— Toi, alors, si tu voulais !

C'était une grande bringue aux jambes musclées. Lorsqu'elle dansait le tango sous les lustres blanchâtres du South Wabash Avenue, elle plaquait sa cuisse droite le long des jambes du partenaire et elle rejetait la tête en arrière. Alors, sa jupe-chemise, rouge et douce comme des plumes d'autruche, se froissait un peu à la hauteur du bassin si bien que sa combinaison vert crème apparaissait au-dessus de son genou rond. Des chevilles aux hanches, ce n'était plus qu'une seule ligne en forme de S, avec les fesses qui se tendaient vers le ciel, démesurées. Al Capone pensa à tout cela et ils refirent l'amour en gémissant.

Le charpentier et le chauffeur eurent des visiteurs qui leur conseillèrent de rester silencieux. Le charpentier se noya sous ses copeaux et leur dit :

— J' dirai rien.

Le chauffeur, qui était plus jeune et moins sage, s'enfuit à Cleveland. Il s'installa comme chauffeur de taxi mais sa première course fut sa dernière. Le client avait un pic à glace dans la manche droite de son pardessus noir. Il poinçonna George Bilton, à trois miles hors de la ville et l'exécuta pour n'avoir pas voulu se soumettre tout à fait aux menaces du gang. On ferma le bar du barman Heinie Jacob. Il le rouvrit — sous la haute direction de Colosimo ! Tous les témoins du meurtre de Joe Howard ainsi anéantis, Al Capone sortit de son antre.

Il se présenta au 21e Commissariat de South Chicago, un œillet blanc à la boutonnière.

— Al Capone, commerçant. Il paraît qu'on me cherche pour un meurtre. Je voudrais bien savoir pourquoi, M'sieur.

Le commissaire baissa les yeux et dit :

— *O.K.* vous avez gagné. Il s'appelait Mac Mahon.

Mais un jeune *assistant to the State Attorney*

(assistant du Procureur général), qui n'avait pas encore de compte en banque — il sortait de l'Université, les agents de Colosimo n'eurent pas le temps de l'arroser de dollars — leva une règle de bois, comme un instituteur, et la pointa vers Al en chuchotant :

— Vous ne vous en sortirez pas comme ça. J'ai là de quoi vous faire inculper, et il frappa un vague dossier de la main.

— Comment c'est votre nom ? demanda Al, poliment.

— Mac Swiggin, dit Mac Swiggin.

— Bon, fit Al et il partit en sifflant dans un macaroni sec.

Il en gardait toujours quelques-uns dans ses poches et s'amusait à les briser en petites portions lorsqu'il parlait aux distillateurs clandestins. Cela les impressionnait beaucoup. Il sifflait aussi dedans mais ce n'était pas très mélodieux. Al Capone avait des manies, comme tout le monde : d'abord les macaronis. Ensuite, pendant de longs mois, il porta sa fortune avec lui, dans les poches de son pantalon. Tous les billets verts et poisseux étaient roulés les uns contre les autres. Il les touchait de la main lorsqu'il se sentait seul, mal aimé et qu'il se rappelait son enfance. Un jour, cela devint tellement gonflé qu'il fut obligé de les mettre en banque. Mais il conservait quand même son *roll*, son rouleau, dix mille dollars, au bas mot, dans la poche.

L'enquête se termina. Le 22 juillet, la Justice déclara : « Howard est mort de six balles provenant d'un ou de plusieurs revolvers à la main ou aux mains d'une ou de plusieurs personnes de race blanche et de sexe masculin. La Justice suit son cours avec l'espoir que les personnes inconnues seront arrêtées. » Elles ne le furent pas.

Al n'oublia pas le regard honnête du jeune assistant Mac Swiggin. Deux ans après, sur l'asphalte de Cicero — banlieue de Chicago — le jeune homme mourut sous la douche brûlante de quelques mitraillettes qui se trouvaient là — pas du tout par hasard.

Inventaire légal de Joe Howard : deux boutons de manchettes — en forme de bottes : souvenir du Texas — et dix-sept dollars, cinquante cents et un mouchoir assez propre. On l'enterra. Mais, en 1936, lorsque les vieilles tombes du vieux cimetière furent déblayées pour laisser passer le nouvel autostrade, personne ne vint réclamer la dépouille — déjà pourrie — de Joe. Il ne reste donc absolument rien de lui sur cette terre.

*

Que reste-t-il des chicagorilles ? De pauvres silhouettes filandreuses qui traînaillent dans la mémoire fatiguée de l'Amérique.

Les voici réunis, ce qui est rare, un soir de fête dans le Grand Café de Colosimo le patriarche.

Voici Earl Hymie Weiss ! On l'appelle « la petite Hymie » parce qu'il ressemble à une vieille femme ramassée sur elle-même, avec un chapelet entre ses doigts cireux. Ses habits sont noirs. Il a le visage pâle. Il ne parle jamais aux filles et il garde toujours une main sur la table. S'il n'avait pas porté un éternel chapeau sur sa petite tête, on aurait pu voir qu'il avait les cheveux blancs comme la neige : c'était un albinos ! Mais il était coquet et se teignait les tempes, les favoris et le haut du cou avec un mélange de charbon, d'encre et d'aniline. Il n'était pas bête : il inventa la sinistre formule : *Take for a ride*, emmener quelqu'un en balade, en voiture. La balade se terminait toujours par la mort.

Et puis voici Samuel « Nails » Morton ! Un gros paysan aux oreilles en betterave, qui a gagné la Croix de Guerre en France. Ses habits sont bleus. Il a le visage carotte. Il était chef mitrailleur dans un bataillon de mitrailleuses et il a fallu lui couper un doigt pour l'arracher à la queue de détente — la gâchette — à laquelle il s'était littéralement collé pendant une bataille. Devant lui, les *Krauts* s'étaient étendus avec régularité, mais une fois l'assaut fini, il avait continué de tirer, de tirer, l'index crispé sur la machine à donner la mort. On le transporta à l'hôpital et on lui fit passer des tests. Il avait l'air d'être redevenu plus ou moins normal. Alors, on lui donna la Croix de Guerre, mais lorsqu'il revint dans le civil, il était fin prêt pour le crime.

Et puis voici Scalise et Anselmi ! Ils vont toujours ensemble. Leurs habits sont gris. Ils ont le visage vert. Des vrais Américains : leur amitié est complémentaire. Le grand et le petit, le maigre et le gros, le laid avec le beau. C'est Capone qui les a formés. Ils lui sont dévoués. On les appelle la Patrouille Homicide. Ils rentrent se coucher le soir à la même heure. On se demande s'ils se tiennent par la main d'un lit jumeau à l'autre. Mais ce sont des « torpilles ». Une torpille est un tueur qui n'a pas d'amis. Il tuera son frère si le contrat le demande. Voilà pourquoi une torpille ne peut vivre qu'avec une autre torpille.

Et puis voici Sam Samoots Amatuna ! Il porte des bas de soie sur son âme, mais il a les mailles qui filent. Ses habits sont tendres. Il a le visage jaune. On dit qu'il frotte d'ail les balles de son revolver, de telle sorte que chaque blessure, même la plus légère, puisse s'infecter. Mais c'est faux : il est plus vicieux encore. Il fait des croix au bout de ses balles avec un canif de poche. Cela déchire mieux l'organisme lorsqu'elles le rencontrent. Seules les complaintes des nègres et de leurs trompettes font lever les yeux de biche de Samoots vers le reste du monde. Autrement, il cache ses yeux derrière des paupières violacées qui ne remuent pas.

Et puis voici Johnny Torrio, drapé dans sa méfiance ; Vincent *The Schemer* Drucci, le fou, terreur des femmes et des *cops* — il tire sur tout ce qui bouge autour de lui, on est obligé de le tenir en laisse ; Maxie Eisen, il a passé trois semaines à l'Université, cela lui permet de faire croire qu'il est un sage ; les deux frères O'Donnell, le silence au bout de leurs escarpins caoutchoutés, ils avancent dans la nuit comme des chats malades ; les quatre frères O'Donnell — aucun rapport avec les deux autres — maigres et dévots, ils vont deux par deux à la messe de St. Peter's Church et versent dix dollars pour faire brûler des cierges ; Aiello le Tucur qui dit : « J'aime le travail propre. Lorsque j'ai tué un type, je place la tête du mort sur un coussin et je salue le mort avant de me retirer. »

Voici encore trois hommes : Nitti, Guzik et Sam Hunt. Nitti n'aime pas le jazz. Il préfère la musique militaire. Guzik répand du beurre sur ses doigts trapus pour compter plus facilement les liasses de dollars. On l'appellera *Greasy Thumb*

— le Pouce Graisseux. Sam Hunt porte un monocle devant l'œil droit. Enveloppé dans des complets à carreaux, il fait très aristocratique, intègre et supérieur. Un petit nègre de quatorze ans le suit en courant, le regard éperdu de respect. Le nègre est un *caddie*. Il transporte un sac de golf. À l'intérieur, les cannes de golf ont un drôle d'air. Elles ressemblent à des fusils à canon scié. On appelle Sam, *Golf Bag*. Tous les trois ont eu du flair. Ils se sont déjà soumis à Capone.

Ils sont tous morts aujourd'hui. Ils étaient des jeunes hommes déjà vieux et ils sont morts de mort violente.

*

Chez Sapinola, entre deux *zabaglione* (lait de poule au marsala), Torrio ouvrit sa bouche et ouvrit son cœur à Al :

— La Prohib, ça va nous rendre très forts et très riches. Tu touchais combien jusqu'ici ?

— Tu sais bien, dit Al en cassant du macaroni : vingt-cinq mille dollars par an. Et il ajouta : Avec ça, on va pas loin.

Torrio lécha sa moustache — huileuse comme elle était, ce ne devait pas être très agréable :

— Bon, bon, tous les bénéfices de la Prohib, on se les partage *fifty-fifty*.

— Tu veux dire, fit Al, en réfléchissant, qu'on est des vrais associés.

Torrio relécha sa moustache — de toute façon, il avait un mauvais goût dans la bouche :

— Oui, Al, dit Torrio. C'est comme ça maintenant.

Al ne demanda pas d'explications à Johnny. Il dit plutôt :

— Et Colosimo ?

— Colosimo... dit Torrio en s'apercevant que c'était un goût de sang qui flottait dans sa bouche, et il ne finit jamais sa phrase.

Alors, Al :

— On s'en occupe.

Colosimo ferait bien de compter ses heures.

*

La Prohibition est une grande fille toute sèche qui s'est fait faire des enfants dans le dos.

Au lendemain de la Grande Guerre, les Protestants, les Puritains, et les Patrons de l'Amérique se réunirent et dirent :

— Y a de l'abus.

Ils trouvaient que toute cette joie impudique qui venait d'éclater comme une orange mûre contre un arbre ne présageait rien de bon.

Les Protestants disaient : tous ces catholiques,

immigrants, Italiens, Polonais, ouvriers, éparpillés dans les grandes villes sèment la licence et le désordre. Les Puritains disaient : cinéma, radio, Freud, et quoi encore, on ne s'y retrouve pas, avec tous ces jeunes gens qui reviennent de Paris, c'est la java permanente, mais où sont nos vertueux ancêtres ? Les Patrons disaient : l'âge de la machine demande de grandes facultés mentales et physiques de la part de nos employés, c'est pas le moment de rigoler.

Alors les Politiciens arrivèrent et trouvèrent une solution pour que l'Amérique redevienne saine. Ils demandèrent que l'on interdise la fabrication et le commerce de l'alcool. Cela dégénéra en querelle politique, comme on aurait pu le prévoir. Les « secs » l'emportèrent sur les « humides ». Un sénateur nommé Volstead fit voter un amendement à la Constitution, qui porta le numéro 18 et qui ordonna la Prohibition de toute boisson alcoolisée.

Alors, l'Amérique, qui jusqu'ici s'était plutôt abstenue, découvrit les joies de l'alcoolisme. C'est quand même incroyable ! Volstead et ses amis auraient dû s'en rendre compte : il y avait déjà eu des exemples. Des histoires de fruits défendus. Mais non ! Ils se tinrent très droits et très rugueux dans leurs habits de vieilles demoiselles et ils brandirent une bouteille de whisky dans leurs mains et ils dirent, en fronçant les sourcils, aux millions d'écoliers qui les regardaient :

— Pas touche !

Et ce fut la ruée.

Lorsque les stocks furent épuisés et que les petits marchés noirs à la sauvette furent éventés par une police encore honnête, les gangsters firent leur apparition. Ils avaient de l'expérience. Ils s'étaient fait la main — façon de parler, sur la Prostitution. Ils virent que le peuple avait soif. Ils donnèrent à boire au peuple. Le peuple les aima. Les représentants du peuple — la police et la politique — laissèrent faire. Partagés entre le désir de faire respecter cette énormité : l'interdiction de boire à toute une nation, et l'envie de profiter de la vague de corruption entraînée par la prohibition, les politiciens se donnèrent du bon temps. Comme tout le monde. L'Amérique roula sous la table pendant dix ans. Tous les matins l'Amérique avait une gueule de bois — grosse comme une aciérie, — mais tous les après-midi, à cinq heures, l'heure du thé, l'Amérique se sentait prise d'une soif incommensurable et insatiable.

Grondant comme une colonne de blindés sur les routes d'un pays en guerre, des convois de camions bourrés de whisky et de bourbon s'acheminaient depuis les distilleries — légales — du Canada vers les villes « sèches » du Middle West.

Éclaboussant le ciel comme une armada qui se prépare pour une bataille navale, des flottilles de bateaux, de péniches et de yachts gonflés de bourbon et de whisky fonçaient à travers les eaux des Grands Lacs vers les ports clandestins de Chicago et de la banlieue. Bruissant comme un million d'abeilles dans leurs ruches au mois de juin, les misérables Siciliens s'affairaient nuit et jour autour d'alambics improvisés, dans l'ombre poussiéreuse des hangars et des caves désaffectées.

Il suffit de peu de choses : une chaudière, un tuyau, une bassine, un tonneau.

Ou encore, autre système : un baril de whisky à 70°. Vous le coupez d'alcool et d'eau colorée (couleur miel) et vous le faites tomber à 40°. Cela double la quantité. La qualité, c'est autre chose. Dans les baignoires, les éviers et les lavabos des cités, on ne lavait plus les derrières des nouveau-nés, mais on coupait les liqueurs. Naquirent ainsi : le *bathub-gin* — le gin de baignoire — et le *funny wine* — le drôle de vin : eau + alcool à 90° + jus de raisin.

Donc, sources de revenus pour Torrio, Capone et Colosimo — mais lui, il n'en a plus pour longtemps — : la contrebande pure et simple avec la revente. La fabrication sur place avec revente. Et enfin, les bars clandestins. Le tout résumé par le mot *bootlegging* — action de transporter une bouteille dans sa botte, pour la planquer.

L'Amérique s'était découvert une raison de vivre : elle résistait à la Loi en buvant. C'était sa Fronde à elle, sa Résistance.

Des matrones très respectables s'aventuraient hors des quartiers résidentiels vers les bas-fonds de la ville et frappaient contre une porte de cèdre rouge.

Un œil s'allumait derrière un trou.

— Toc! toc! toc! qui frappe à ma porte?

— C'est Madame Amérique. Elle a soif.

— Le mot de passe?

— *Joe sent me!* C'est Joe qui m'envoie.

La porte alors s'ouvrait et sur la moleskine des banquettes, les dames rejoignaient les messieurs et parlaient doucement afin que la Loi ne les entende. Les matins n'étaient pas beaux. Ils étaient sales. La langue dévorée par les cloques, les yeux habités par des moucherons mauves. Les mains qui bringuebalent. Les jambes qui partent n'importe où. Le ventre qui brûle. Le poison dans l'organisme.

Déclaration de M. Thomas J. Donavan, Président de la *Licence Beverage Industries Inc* : « Les tord-boyaux distribués pendant l'année 1921-1922 ont tué 1 200 citoyens et en ont aveuglé

1 800 autres. Il n'est pas interdit de penser que la Prohibition a fabriqué plus de dégénérés que n'importe quelle épidémie soudaine et imprévisible d'une maladie vénérienne. »

*

Colosimo, tu comptes tes heures ? Non, bien sûr, tu ne sais pas.

Le gros Jim est à l'église méthodiste de South Park Avenue. Pour échapper à la pourriture, il s'offre des messes, des sermons et des psaumes. On dirait qu'il veut fuir son passé, Colosimo. Une grosse blonde anglo-saxonne, venue de Boston, chante :

Oh ! Lord Have Mercy on Me
Oh ! Lord.

Ô ! Dieu, aie pitié de moi,
Ô ! Dieu.

avec une voix honnête. Elle porte de la dentelle blanche et ses deux nattes lui dansent sur les épaules. Les psaumes de l'église méthodiste ressemblent aux *blues* des caves de South Chicago, à cette chose près que c'est une blonde pure et fraîche qui les chante, accompagnée d'un orgue

— alors que dans les caves, c'est une brune souillée et flétrie, accompagnée d'un trombone noir. Mais l'idée est la même : *Lord have mercy on me*, Dieu aie pitié de moi.

Le gros Jim à la blonde :

— Venez chez moi, il y a du feu.

La blonde :

— Non mais des fois.

Le gros Jim, doucereux :

— Je vous ferai entrer à l'Opéra. Caruso, il descend chez moi quand il est en ville (c'était vrai).

La blonde en tremble de plaisir. Elle se jette dans les bras du gros Jim.

Il divorce d'avec la maquerelle qui le sortit de la rue alors qu'il balayait les choses des chevaux. Il abandonne la *combinazione* — le gang et les politiques — à Torrio et Capone. Il desserre sa ceinture de diamants, il souffle un bon coup et il dit :

— Ouf !

Il épouse la génisse blonde qui s'appelait Dale Winter et qui n'était, malgré tout, pas jeune fille le soir de la nuit de noces. Elle lui fait croire qu'il est encore jeune. Il oublie son passé. Il a attendu longtemps mais il va enfin profiter de l'existence. Pourtant, c'est écrit : un *boss* comme Colosimo n'échappera pas à ses lieutenants. Il lui arrive parfois de prendre le téléphone et de dire à Torrio :

— T'as fait une bêtise avec Denver Dean. C'est un ami. Attention à tes doigts, je vais taper dessus.

Vraiment, ce n'est plus qu'un gros matou gênant. Il faut s'en débarrasser.

Alors, un jour, c'était un 11 mai, il était neuf heures du matin, dans la cabine téléphonique de son propre café, Colosimo téléphonait à sa blondasse. La cabine était tapissée de soie verte à l'intérieur et l'extérieur était construit, comme le comptoir et les tables, en acajou grenat. On fermait. Il flottait encore dans l'air une odeur froide de bière et de cigare. Sur les glaces derrière le comptoir, on avait fait peindre en capitales blanches : DRINK, DRINK, DRINK. Buvez, buvez, buvez. Comme tous les maris vertueux, Colosimo téléphonait à sa Julie avant que de réintégrer le foyer :

— Oui, ma chérie, ma chatoune, j'arrive, oui, je suis en retard, ma choupinette, oui.

Il raccrocha et mourut. Six coups de feu avaient lacéré son dos immense. Il ne put se retourner pour voir le visage de son bourreau et il y a des chances pour qu'il n'ait pas beaucoup souffert. Le rouge noirci de son sang fut absorbé par la soie verte comme l'encre par un buvard. Le tueur était entré par la porte de service. Le barman ne l'avait pas vu. Mystère. Mais personne n'essaya d'éclaircir le meurtre du gros Jim. Il fut tué par les siens, c'est sûr. À la gare centrale de Chicago, engoncé dans un pardessus de velours, Al Capone salua un voyageur qui partait, une longue valise étroite à la main.

— Merci, Frankie.

— Pas de quoi, Al. À bientôt.

Le train s'en alla, sifflotant vers New York, Al Capone n'exécutait même plus ses adversaires. Frankie Yale, de son vrai nom Uale — mais il fit changer le U en Y pour avoir l'air plus américain — avait reçu dix mille soldats de fer pour abattre le gros Jim. Un soldat de fer, c'est un dollar : argot des musiciens de jazz dans le Bas-Chicago, en 1920.

Colosimo engendra Torrio qui engendra Capone. Chaque homme avait engendré l'autre par mesure de protection. Seul Capone décida qu'il n'avait besoin de personne. Il partagea le fromage avec Torrio et s'engagea laborieusement dans la Galerie des Héros et des *self-made men* du siècle.

Lisez la vie d'Al Capone ! Sorti des taudis de son enfance, il s'éleva à force de persévérance et de courage jusqu'à la fortune et la puissance ! Il fit tous les métiers. Il servit son pays sous les drapeaux. Très jeune, il dut travailler pour gagner sa vie. Il n'avait même pas le temps de suivre les cours du soir ! C'était un enfant des villes. Il n'a pas connu la chlorophylle des pâturages du Kentucky ni les ondulations des champs de maïs de l'Iowa. Là-bas, le maïs a tellement inondé les plaines qu'on peut le renifler jusque dans les salles de classe des écoles en briques rouges. Al, toute son enfance, il renifla l'odeur du papier cassant et vert, à dos orangé : le dollar. C'était une odeur imaginaire, car le dollar ne poussait pas dans la plaine de Brooklyn. Mais il savait, tout jeune, que le dollar sentait bon.

Les grandes figures de l'Amérique : Henry Ford, génie de l'automobile, les yeux fixés sur la ligne gris acier des chaînes de montage. Joe Louis, génie de la boxe, les yeux fixés sur la ligne rouge sang des cordes du ring. Thomas Edison, génie de l'électricité, les yeux fixés sur la ligne incandescente du transmetteur à charbon. Abraham Lincoln, génie de la liberté, les yeux fixés sur la ligne bleu horizon des uniformes de l'Armée nordiste. Al Capone, génie du crime, les yeux fixés sur la ligne vert épinard du dollar.

Lorsqu'il débarqua à Chicago, Al Capone était un méchant voyou aux épaules viandeuses et cela lui donnait un aspect courtaud bien qu'il mesurât 1 m 75. Ses sourcils noirs étaient massés comme des sauterelles au-dessus de ses yeux. Il avait les cheveux huileux, la peau moite et trois cicatrices en travers du visage. Il était doué pour les affaires et il appliqua le Plan américain de Frédéric W. Taylor : Efficacité, Rendement, Organisation. On peut regretter qu'il ait choisi le Crime plutôt que le Pétrole ou les Engrais, comme firent beaucoup d'autres jeunes hommes de son âge.

*

L'enterrement de Colosimo : le convoi est arrêté aux grilles du cimetière catholique. Les kilogrammes de fleurs se fanent vite sous le vent tiède qui vient du lac. Le prêtre de la paroisse lève les bras devant la foule des tueurs et des politiciens :

— Vous ne pouvez pas ensevelir ce criminel ici.

Les notables de la cité :

— Bon. On va téléphoner à qui de droit.

Ils appellent le Pape au téléphone transatlantique. Ils plaident pendant cinq heures. La ligne est mauvaise et le Pape irrité. Un grand magistrat déclare finalement à la Presse :

— Il a raccroché. Emmenons Jim ailleurs.

Et Colosimo fut convoyé vers une fosse païenne.

*

Au bout de trois ans, Al gagnait cent mille dollars par mois. Il crut opportun d'envoyer un télégramme à Brooklyn : « Maman — Stop — Viens avec famille — Stop — Alphonse. »

Pourtant, rien n'était joué.

4

Relevé dans les comptes d'amour de Sally la Boiteuse (Dimanche, août, 6, 1924) :

Vieux à lunettes	1 dollar
Gentil silencieux	1 doll. 25
Monsieur le fleuriste	1 dollar

Monsieur le fleuriste pose avec prudence son pied gauche devant son pied droit, puis il avance le pied gauche et le pose avec délicatesse devant son pied droit. Ses beaux yeux bleus regardent la foule qui coule et la foule l'oppresse. Il rêve qu'il installe une mitrailleuse sur le trottoir et qu'il tire jusqu'à ce que la rue soit vide et silencieuse.

— *Good afternoon*, O'Banion !

Monsieur le fleuriste rend le salut avec apathie. Lorsqu'il était camelot à Baltimore, et qu'il parlait aux gens, il se hissait sur une caisse en bois.

Un jour, la caisse lui manqua sous les pieds. Cela lui fit une peine aiguë dans la jambe. Comme il était méticuleux, il examina la caisse et vit qu'on l'avait sciée. Il sentit le sang lui monter au bord des yeux et il ne pardonna jamais à la ville de Baltimore. Il ne put découvrir le saboteur, mais il jura :

— *I'll git'em all!* Je les aurai tous !

Depuis, il boitillait d'une manière singulière et, à force, sa jambe droite avait raccourci par rapport à la gauche. Lorsqu'il parlait, il penchait la tête de côté. Il avait l'air sournois. Pourtant, il souriait souvent.

Il allait à travers le monde comme un homme qui joue du coude dans le métro : il regarde au-dessus des têtes et il oublie de dire pardon. Il s'appelait Dion O'Banion. C'était un Irlandais qui vendait des fleurs avec tranquillité. Il ne buvait jamais d'alcool, il ne fumait pas. Le soir venu, il glissait dans les poches spéciales de son veston gris et de ses pantalons gris, trois revolvers de petite taille. Il était ambidextre. C'était le seul homme à Chicago qui pouvait tirer des deux mains avec la même précision. Il avait déjà assassiné vingt-cinq hommes.

Il contrôlait, avec ses tueurs, les 42ᵉ et 43ᵉ arrondissements de la ville et il détestait Al Capone. Le Balafré ne le savait pas encore, mais O'Banion serait son plus difficile ennemi.

*

Pour l'instant, le Balafré partageait en compagnie de Torrio un joli gâteau, un joli cake : l'Amérique. *The Great American Cake.*

— Voilà, dit Al, en bras de chemise.

Autour de lui, il y avait Torrio, l'avocat marron Piquett, quatre tueurs qui sifflaient l'ouverture de la *Traviata* et un expert-comptable prénommé Abbadabba — parce qu'il bégayait pas mal. Mais ses doigts ne bégayaient pas lorsqu'il comptait les recettes. À ses côtés enfin, Guzik au Pouce Graisseux — autre technicien de la finance.

— Voilà, dit Al. Parlons affaires. La Prohib, c'est bien gentil mais faut en profiter.

— Oui, dit Torrio, soumis.

— Oui, dit Piquett, sournois.

— Oui, dit Guzik, soucieux.

— Ou-ou-oui oui, dit Abbadabba, bégayeur.

— Alors, dit Al, majestueux, Torrio, tu t'occupes des relations avec les clients. Moi, j'envoie mes hommes aux vingt-quatre coins de Chicago pour faire doubler le nombre des alambics, des bars clandés, des distilleries.

Il n'avait jamais tant parlé. Il se sentait un chef. Autour de lui, les hommes sentaient une sorte de creux dans le ventre, comme avant une grande opération. Accroupis dans leurs L.S.T. — péniches de débarquement —, les *marines* aux yeux durs attendent que la cloison s'abaisse pour sauter sur les plages du Pacifique et s'éparpiller à la reconquête du monde. Ils ont, à ce moment-là, un grand vide dans leurs ventres de soldat. L'équipe Capone-Torrio était, ce matin-là, un bataillon de *marines* avant le débarquement.

— Faut qu'on fasse une chose, dit Al.

Il s'apercevait que tout était facile et qu'il était le seul à pouvoir concevoir tout cela.

— Faut qu'on mouille tout le monde, dit-il.

Philosophe, il ajouta :

— Y a rien de plus malhonnête que les honnêtes gens.

Les tueurs approuvèrent avec indignation.

— *O.K. then, you asses.* Bon, alors, bande d'idiots, cria Al, c'est simple ! On va acheter les cops, les juges et les politiciens !

C'était tellement simple, en effet.

— Piquett ! hurla Al.

Piquett se réveilla et secoua ses cheveux blancs.

— Faut qu' tu m'expliques la justice, dit Al.

Il se mordait les doigts de n'avoir pas étudié pendant son enfance ! S'il avait su ! Il aurait lu tous les livres et les codes et les lois. Mais non, il avait gambadé dans la saleté et le vice. Maintenant, pour rattraper le retard, il fallait dépendre de cet avocat véreux et pourri, Louis Piquett. Mais le vieux était doué et Capone l'écoutait avec passion, une visière verte fichée au-dessus de ses yeux de crapaud — afin que la lumière électrique ne lui gâche pas la vue. Ils blanchissaient des nuits entières à assimiler la machine judiciaire américaine. Aux matins, ils titubaient vers les canapés de cuir et s'endormaient, ivres de savoir.

Piquett était doué. Il expliqua :

— La Justice est une fille de la campagne qui a fini par accepter le boulot dont personne ne voulait parce que c'est un boulot trop mal payé et que l'on s'y salit les mains. Ce boulot, c'est faire respecter la Loi. Au commencement, il y a les juges de paix, mal payés, élus et détestés. Ensuite, les *Chief Justice*, mal payés, élus. Enfin, les *Attorneys*, mal payés, mais nommés par le Président des U.S.A. Leurs noms sont proposés par les politiciens.

Capone jubila :

— On fait élire des hommes à nous dans les deux premiers cas. Pour les *attorneys*, on arrose les politiciens qui proposent des noms favorables. Enfantin !

— Faut du fric, dit Piquett.

— J'en ai, dit Capone.

Il se leva, marcha vers la fenêtre du douzième étage de l'hôtel d'East Randolph Street. La main droite glissée à moitié dans le gilet, Al Capone désigna de la main gauche les kilos gris de béton et de fer : Chicago.

Capone fait démarrer sa « méthode ». Les lieutenants se répandent sur la cité, ses banlieues, ses provinces. Les shérifs ouvrent leurs pattes pour qu'on les graisse. Les juges de paix sont élus à la force des mitraillettes et du chantage. Les flics ont des comptes en banque gros comme l'État du Texas. À Chicago, en 1922, la police vaut deux cent cinquante millions par mois. C'est Capone qui paie.

Les honnêtes gens et la justice laissèrent Capone travailler. Mais les criminels sortirent de leurs planques. Capone avait neutralisé la loi, mais il n'avait pas compté avec ses frères : ils voulurent profiter de son génie et de son système.

Avec un gangster pareil, c'était couru : il faisait des jaloux et des rebelles. Le peuple assista alors à la guerre de l'alcool et du crime. On aurait pu croire, si guerre il y avait, qu'elle se déroulerait entre les tueurs et les justiciers. Mais les tueurs s'attaquèrent aux tueurs puisque les justiciers avaient décidé de fermer pour de bon leurs yeux et leurs oreilles.

Et d'abord les O'Donnell.

Les quatre frères irlandais allaient à confesse

toutes les semaines et ils brûlaient des cierges dans l'Église des Abattoirs. N'empêche, il fallait bien vivre : cela ne suffit pas d'être dévot et bon catholique, il faut aussi payer l'Isotta Fraschini Roadster (une bagnole blanche et rouge avec vingt-cinq tonalités de klaxon) et les bijoux des nanas et les costumes de marin des enfants qui étudient dans les pensions privées de la Nouvelle-Angleterre !

— *That dirty wop's got too fat a cake. Let's eat it!*

— Ce sale Rital (*wop* : très péjoratif) s'est taillé une trop grosse part du gâteau. On va en souffler un peu !

Spike, Steve, Walter et Tommy crachèrent par terre pour plus de sûreté. Ils se levèrent tous les quatre et ils entrèrent, à la queue leu leu dans la salle à manger de Bucher, un ami. En les voyant arriver ainsi, le plus petit devant, le plus grand derrière, disposés en marches d'escalier, les canotiers à plat sur leurs têtes comme des soucoupes, Bucher pensa :

« Enfin, de l'action ! »

Plutôt, oui :

— Voilà, dit l'aîné, Spike, faut qu'on s'approprie Kerry Patch — le quartier du South Side. Il n'y a pas de raison que le *wop* le contrôle plus longtemps. Bucher, tu vas aller tambouriner.

— *Right!* D'accord!

Les « tambourineurs » étaient des hommes très carrés et un peu idiots qui tambourinaient à coups de poings et de crosses sur les crânes des tenanciers qui refusaient de travailler pour eux. Les tambourineurs tambourinaient à la porte du *saloon* et demandaient en tambourinant avec leurs doigts sur le comptoir laqué :

— Qui c'est qui te fournit en bière?

— C'est Al Capone, répondait-on.

— Non, c'est plus lui. C'est O'Donnell, disaient les tambourineurs.

Alors, si vous disiez oui, vous vous en tiriez. Si vous disiez non, votre crâne s'ouvrait comme les groseilles au mois de mai. Un barman nommé Jacob Geis dit non. Il resta sur le carreau. On prévint Al. Les tambourineurs avaient rejoint leurs frères irlandais chez Klepka, un Polack qui avait les pieds plats et qui portait un œillet peint en vert à la boutonnière. Vert : pour faire plus irlandais. Tous les hommes se marraient et se rafraîchissaient. Il était neuf heures trente. La porte s'ouvrit.

— Salut, les femmes! *Stick'em up!* Mains en l'air!

Le type qui avait crié s'appelait Dan Mac Fall. Il était shérif-adjoint de la ville de Chicago. Accrochée à son gilet de soie jaune et bleue, étincelait une étoile d'argent qui avait des petites boules au bout de ses cinq branches. Derrière lui, courbés comme des sprinters avant le coup de feu du départ, trois autres types inconnus, P. 38 aux mains. Les Irlandais ne voulurent pas lutter : un shérif, on ne sait jamais, des fois, c'est honnête. S'il était venu là vraiment au nom de la Justice et du Conseil municipal, c'eût été trop bête de lui faire du mal. Les Irlandais s'enfuirent par les portes en courant. Dans la rue, une mitrailleuse lourde les attendait, posée sur un affût-trépied. Capone avait bien fait les choses ! Pour venger Jacob Geis et faire peur aux O'Donnell, il s'offrait une petite bataille de la Marne !

On le vit, lui-même, un genou sur l'asphalte, machine à écrire sous le bras, diffuser l'ouragan-calibre 6 mm 5 en plomb durci avec chemise en acier nickelé.

Trois morts.

Si les tambourineurs avaient compris, ils seraient partis pêcher la truite dans les collines du moyen Colorado. C'est très agréable : on se lève à cinq heures du matin, on mange des flocons d'avoine et l'on boit du lait dans un bol de céramique bleue. Après quoi, on remonte les torrents, ligne à la main, les poches pleines de mouches artificielles pour attraper la truite qui frétille comme une femme acculée à une table de cuisine.

Les O'Donnell ne pensèrent pas aux plaisirs champêtres. Ils préféraient *arrogasser* dans la Fraschini décapotable entre Laffin Street et Garfield Boulevard.

Bande de lycéens ! Les décapotables, c'est dangereux ! Quelles cibles adorables : quatre canotiers sagement assis qui attendaient que le feu passât au vert. Une autre voiture les frôla, une Cadillac huit places bourrée d'Italiens blafards qui brandirent des fusils à canon scié : deux morts de plus.

— Ça leur suffit pas ! Ça leur suffit pas !

Capone trépignait dans son bureau et la sueur coulait à grosses gouttes le long de ses balafres.

Septembre sur la ville : les O'Donnell continuaient, par à-coups, de résister. Le Balafré condamna à mort trois de leurs camionneurs. On assassina les camionneurs et ils coulèrent à pic dans le Sag Canal.

Ce fut la fin : les O'Donnell, décimés, oreilles basses, abandonnèrent South-Chicago à Capone qui, magnanime, paya une pension à la veuve d'un des tambourineurs. Il faut dire qu'elle était brune et savait amuser l'homme.

*

Pendant ce temps, dans son magasin, Monsieur le Fleuriste coupait avec un joli sécateur les queues des tulipes. Sur ses lèvres flottait un sourire triste. Les amis trouvaient qu'il était bien calme depuis quelques semaines.

*

— T'as des nouvelles de James ?

La famille s'est installée à Chicago. La maman n'a pas trop vieilli. Mafalda, la sœur, pleure moins qu'à Brooklyn. Al Capone la regarde longtemps. Elle vient d'avoir onze ans.

— Tu ferais mieux d'être sage, dit Al, enroué.

Rafaël, John, Matteo : dix-neuf et dix-sept ans. Des boutons sous les ailes du nez et des yeux cernés, ils entourent Al qui leur dit :

— Je vais vous apprendre un vrai métier.

Il leur fait accompagner les camions d'alcool clandestin sur les routes du Canada. Rafaël conduit même un bateau à travers les eaux du lac Michigan. Un soir, il est arraisonné par des garde-côtes. Il a le temps de saborder sa marchandise : dix mille litres de bourbon reposent au fond des grands lacs. Après, il se laisse emmener au 21e Commissariat. Il s'assied devant un téléphone. Le téléphone sonne. Le commissaire, un type avec un nom suédois et des cheveux dans le cou, décroche :

— *Yes, Sir, Yes, Sir, Yes, Sir.* Oui, M'sieur !

— Vous êtes libre, dit-il au frère du Balafré,

en rougissant dans son cou sous les cheveux blonds.

La corruption, c'est simple ! Un téléphone : pour réprimander les juges. Un autre téléphone : pour réprimander les commissaires. Un autre téléphone : pour réprimander les politiciens. Deux téléphones pour commander les exécutions. Un téléphone pour appeler Torrio. Un téléphone pour traiter les affaires d'alcool.

Dans un classeur d'acier verdâtre, un million de fiches. Y sont fichés tous les gens « mouillés » par Capone, de plus ou moins loin. Depuis le simple *cop* qui surveille le trafic le long de Lincoln Park et qui ferme les yeux lorsqu'un camion bourré d'alcool s'arrête au feu rouge devant lui — jusqu'au juge municipal, Howard Hayes, un homme de confiance : il réussit à subtiliser à la justice un invraisemblable dossier avec livre de comptes, annuaires, index, etc. de l'Organisation Capone. Le dossier devait partir le matin pour Washington afin de déclencher une épuration de grand style. Mais le bon juge Howard Hayes demanda à voir le dossier. On ne pouvait pas refuser. Il remit aussitôt le dossier à Capone contre on ne saura jamais combien de dollars.

Le représentant du Gouvernement des États-Unis, envoyé spécial à Chicago, protesta :

— La municipalité refuse de coopérer avec le Gouvernement fédéral ! C'est le monde à l'envers !

Chicago, dans les années 20, c'était le monde à l'envers. Dans la rue, les *cops* saluaient le Balafré et lorsque Pinedo, l'aviateur qui faisait le tour du monde, atterrit à Chicago, c'est Al qui le reçut dans ses bras. Il y avait deux semaines que la ville attendait le petit oiseau, le *Santa-Maria II*, et lorsqu'il se posa sur le bleu du lac bleu du Michigan, les sirènes crièrent et la foule d'imbéciles fit voltiger les chapeaux et les drapeaux dans le ciel. Mais un crapaud balafré et graisseux s'avança et dit :

— Au nom de la ville de Chicago, je vous adresse, etc.

Derrière lui, gominés, endimanchés et emmitouflés dans leurs manteaux à col de velours, ses frères souriaient béatement sous le froid soleil de février. Les frères Capone n'étaient pas très malins, mais Al était heureux de les avoir fait venir à Chicago : ils lui donnaient un peu de respectabilité dans la colonie italienne. On sait depuis longtemps que les Italiens croient à la famille : lorsqu'ils virent Capone, vicieux et solitaire, faire son chemin dans le crime, ils se méfièrent. Mais lorsque Alphonse fit débarquer la maman et une ribambelle de frères bavards, paresseux et basanés, les patriarches italiens de Chicago purent dire :

— Il est des nôtres.

Car il aimait sa mère et il n'était pas fils unique.

Al avait demandé à la maman :

— T'as des nouvelles de James ?

Elle n'en avait pas. James, c'était le frère aîné, celui qui avait quitté la maison pour suivre un cirque lorsque Al était un enfant, à Brooklyn. Al pensait souvent à lui. Il revoyait sa silhouette gracieuse et maigrelette et il le haïssait en silence. Un jour qu'il prenait son bain au Metropol Hotel, Torrio frappa à la porte :

— Al ! Y a quelqu'un qui veut te voir !

On fit entrer le visiteur. C'était un pâle truand américain qui avait travaillé au fond des mines de zinc de Butte, dans le Montana, — *the toughest town in the West*, la ville la plus dure de tout l'Ouest. Dans son bain, Al Capone secouait du parfum de violette sur l'eau mousseuse de la baignoire. Cigare aux lèvres, il se frottait les peaux avec un gant de soie bleuâtre : ce n'est pas tellement efficace pour se laver, mais c'est si doux !

— Qu'est-ce que tu veux, demanda Al au jeune homme qui le considérait, éberlué, au milieu de la salle de bains.

— Voilà, fit le jeune, j'ai des nouvelles de votre frère James.

Al en laissa tomber son cigare dans l'eau. La cendre se répandit en nappes grises et son odeur de mort froide se mélangea à celle du savon à cinq dollars, de la violette, de la brillantine, de la soie mouillée, et de la sueur italienne.

— Laissez-moi seul avec ce mec, dit Al, très calme.

Même lorsqu'il arrivait au Balafré de serrer entre ses mains quelque chanteuse d'opéra sur un canapé mou, ils étaient toujours là, les gardes du corps. Scalise et Anselmi veillaient Al Capone partout et tout le temps : au garde-à-vous autour de sa baignoire, accroupis autour de sa voiture, allongés autour de son lit de repos, ils posaient leurs yeux sur le reste du monde avec prudence et cruauté. Ils s'écartèrent — mais pas loin. Al dit au jeune inconnu :

— Raconte.

Le petit délivra son message :

— La dernière fois que j'ai vu votre frère, il était shérif à Homer, dans le Nebraska. On l'appelle Richard Two Gun Hart parce qu'il fait la loi comme un cow-boy : avec deux colts. C'est un grand type assez sec qui se fait envoyer tous les journaux de Chicago. Personne n'a compris pourquoi dans le village, conclut le jeune — mais maintenant, moi, j'ai saisi.

Al Capone soupira longuement avec tristesse. Ses yeux cillèrent :

— Mon frère ! shérif ! On aura tout vu !

Il renvoya le visiteur qui se sentait gêné. Il avait compris qu'il ne faut pas remuer les enfances des grands hommes : ils vous en gardent toujours de la rancune.

Capone révéla l'incroyable nouvelle à sa mère et ses frères, au cours d'un conseil de famille. Ils jurèrent de garder le secret et ne désignèrent plus James que par un surnom méprisant : le Mouton Blanc. Al Capone ne le revit jamais. Au soir, lorsque la famille se réunissait, l'ombre blanche du Mouton Blanc flottait au-dessus de leurs têtes malhonnêtes ; ils n'étaient pas heureux. La revanche arriva au bout de longues années, mais Al ne vécut pas assez longtemps pour la savourer : un jour de 1948 — un an après la mort du Balafré — Matteo verra arriver un vieillard quasi aveugle et loqueteux : le Mouton Blanc ! Ruiné et sans emploi, l'ex-shérif se soumettait et suppliait, à genoux, son jeune frère de lui pardonner d'avoir voulu faire sa vie du côté de la justice. Matteo, qui occupait une position de choix dans la Société de Chicago, réfléchit quelque temps. Puis il pensa : « Je crois que Al, le grand Al, aurait été généreux et magnanime. »

Alors il jeta des dollars frais dans les mains ratatinées du vieux Mouton et lui dit, goguenard :

— Reste ici, on s'occupera de toi.

Le Mouton le remercia avec la voix tremblante d'une cartomancienne. Il mourut peu après. Depuis que le Balafré s'en était allé, un jour fatal de l'an 1947, les restes de la famille Capone se désintégraient sans noblesse. Ils mouraient en silence. Ils mouraient en douceur. Ils mouraient. Al Capone les voyait, depuis sa tombe de marbre, se partager son empire et laisser de nouveaux clans — irlandais, juifs, polonais — renouveler les cadres du Crime américain. Une fois Capone disparu, on oublie vite ses frères, sa mère, sa femme et son enfant. Tout se passe comme si, écrasés par la gloire et le prestige de leur Alphonse, ils ont décidé eux-mêmes de se dissimuler et de s'évanouir. Seule, la silhouette du Balafré grandit comme une ombre noire au milieu des légendes du Nouveau Monde. On vend sa voiture à Manchester — Angleterre — pour un prix fabuleux. Ses mémoires sont traduits en quatre-vingt-sept langues. Il devient le personnage principal de quatre films et de plusieurs documentaires. Les touristes en chemises à carreaux visitent Chicago et demandent :

— Où sont les gangsters ?

Les gangsters ont fui. Ils portent des costumes

sages et des chaînes en travers de leurs gilets et ils ont installé leurs bureaux à Washington, pour être plus près de la Maison Blanche, au cas où elle serait vide et qu'il faille la remplir en vitesse. C'est fini : Capone décédé, le gangstérisme américain a fait sa crise de croissance. Il a opéré sa mue. Après quelques remous et quelques dynasties temporaires, il est devenu république. L'Empereur est mort. Il n'y aura même pas d'Aiglon pour exciter les nostalgies des derniers fidèles et des grognards irréductibles !

De 1922 à 1924, Al Capone se trouva fort occupé par la prise de Cicero. C'était une énorme banlieue de Chicago qui entourait la moitié de la ville comme une ceinture de chasteté.

Il y avait des Rotary Clubs, des Cercles de Couture pour les demoiselles et les bourgeois qui l'habitaient jouaient à plante-couteau dans leurs arrière-jardins lorsqu'ils ne faisaient pas des enfants à leurs épouses.

Capone arriva, déboucha la ceinture et, en une nuit, Cicero devint le dépôt central du vice. Mais cela avait demandé de longs mois de préparatifs.

Torrio et Capone s'étaient penchés au-dessus de la carte de Chicago comme des enfants au-dessus des mappemondes. Ils avaient vu que

O'Banion tenait trois districts et qu'un grand nombre de Siciliens contrôlaient l'est de la Cité. Ils étaient malins : ils décidèrent de se rabattre sur les banlieues et les faubourgs extérieurs pendant qu'à l'intérieur de Chicago, leurs rivaux s'entre-déchiraient.

— Il paraît, fit Torrio avec beaucoup de circonspection, qu'il y a un type qui s'appelle Eddie Tancl et qu'il est plus ou moins le *boss*, là-bas.

— Ah ! fit Capone, songeur.

Torrio interpréta cela comme une condamnation à mort, mais Capone, fidèle à ses vieux principes, décida qu'on pourrait peut-être s'arranger. Il fallait d'abord discuter avec Tancl. Ils entrèrent un soir dans Cicero, deux petits Italiens vêtus de noir, chapeau de paille joliment posé sur leurs crânes ; ils mâchaient l'un du tabac, l'autre un macaroni sec.

— Bonjour, dit Al à Tancl, qui répondit : Bonjour.

Torrio ne dit rien. Il était un peu en retrait, mains aux poches, méfiant comme pas un. On était dans le *Lauterback*, un ancien hangar transformé en galerie de machines à sous. Capone parla peu et vite.

— Pas d'accord, dit Tancl, avec cet air dur que donne le danger à certains hommes.

Il avait fait de la boxe dans le temps. Ses cheveux étaient gris argent. Au milieu de sa bouche, des cigares fumaient tout seuls. Il n'était pas grand mais carré et roulait ses épaules en parlant. C'était un méchant client qui avait de méchantes idées sur le monde.

— Bon, dit Al, très benoît, bon ! Vous l'aurez voulu !

— Taillez-vous, dit Tancl, méchamment. J'ai pas besoin de vous pour opérer dans cette ville.

— Bon, bon, dit Al, et il leva la main en signe de regret. Torrio avait un regard triste.

Ils s'en allèrent dans la nuit.

Tancl était outré : installer des distilleries et des *saloons* dans son secteur, à Cicero ! Les Italiens se croyaient tout permis. Il fit doubler sa garde autour des machines à sous et des salles de billard. La banlieue continuait de somnoler dans l'innocence et dans la Prohibition.

Al Capone dit à Johnny Torrio :

— Faut pas croire. Ce Tancl est un dur. On va l'avoir par la ruse.

Ils achetèrent un grand immeuble en face de la station de métro : Cicero — Terminus, tout le monde descend. Dans l'immeuble, ils clouèrent au sol des banquettes basses et des bidets et ils remplirent les chambres avec des filles prélevées pour un temps sur les maisons closes de Chicago. Dans la tranquille banlieue de Cicero, la nouvelle se répandit à travers les clubs, les centres de couture et les associations de parents d'élèves :

— *There's a brothel in Cicero !* Y a un bordel à Cicero !

Les bourgeois abandonnèrent leurs banques et leurs chambres de commerce, et leurs jeux innocents dans les arrière-jardins de leurs propriétés. Ils se pressèrent aux portes de la maison d'amour. Cela fit un certain scandale. Vingt-cinq heures après l'ouverture, une brigade de police fouille l'immeuble, arrête les filles et disperse les clients honteux. Les filles protestent pour la forme :

— Rentrez chez vous, leur crient les *cops* après avoir égaré leurs mains quelques instants.

Et les filles reprennent le métro pour Chicago. On est mardi soir.

— Bon, dit Al, aux anges. Deuxième chapitre.

Dans la même rue, un peu à gauche du Métro-Terminus, il achète un nouvel immeuble et il ouvre, le samedi soir, une nouvelle maison. Les bourgeois, aux aguets, s'y engouffrent comme un torrent. Les bourgeoises, aux aguets, crient à nouveau au scandale. Elles commencent à s'enrouer. La police locale, aux aguets, effectue une nouvelle descente, les mains toujours baladeuses. On ferme tout. Le lundi suivant, Capone prend un de ses téléphones et il sonne son ami Konvalinka :

— Bon, lui dit Al. Troisième chapitre.

Konvalinka était un ancien garçon limonadier qui avait fait son chemin dans la politique de la banlieue. Accoudé à sa fontaine à sodas, il bavardait avec les consommateurs et leur conseillait de voter pour Edward Vogel, un républicain. Lorsque Vogel fut élu, il s'aperçut que Konvalinka l'avait beaucoup aidé dans sa campagne électorale. La vie politique américaine est ainsi faite à l'échelle provinciale qu'un patron de *drugstore* possède une importance réelle, surtout s'il sait parler aux foules et distribuer, en temps voulu, les jus de fruits gratuits — avec une goutte discrète de gin dedans. On nomma Konvalinka membre du Comité Républicain de Cicero : à lui seul il se faisait fort d'entraîner quinze mille votes — une somme. Comme il avait les yeux grands ouverts, il avait suivi de près la poussée de l'Italien Capone. Les deux hommes se rencontrèrent. L'un donna du dollar à l'autre qui lui promit, en retour, un appui dans la municipalité de Cicero.

Le moment est venu. Konvalinka, la bouche en cœur, parle à Peter Hoffmann, shérif de Cicero :

— Dites donc, shérif, si vous fermez les *brothels* — qui sont interdits par la loi — y a vraiment pas de raison que vous laissiez ouverts les salons de jeux et d'appareils à sous. Ça aussi, la loi l'interdit.

Le shérif, qui était soutenu par le Parti de Konvalinka, sentit que le vent tournait.

Les hommes en bleu, avec leurs boutons de cuivre étalés sur la poitrine, défoncent les appareils à sous à coups de crosses.

Eddie Tancl, affolé :

— *What's the matter, boys?* Qu'est-ce qu'il y a, les enfants ?

Mais les *cops* se taisent et ferment ses salons.

Eddie, furieux :

— *Hey, Hoffmann, y're nuts?* Hoffmann, t'es fou ? T'as oublié nos accords ?

Mais le shérif lui fait un sourire de bois et dit à ses hommes en bleu :

— Continuez, les enfants. Y a pas de raison de pas fermer les salons si on ferme les *brothels.*

Dans la tête d'Eddie, cela fait comme un tilt géant.

Tilt : c'est le signe qui annonce, dans les billards électriques, que rien ne va plus. Il téléphone à l'Italien Capone, dans la grande ville :

— *O.K. ! You win.* T'as gagné.

Les deux hommes se revoient. L'ancien boxeur a toujours le visage méchant, mais il a compris que Capone est paré, du côté de la politique et des *cops.* Il ôte le cigare qui vit seul au milieu de sa figure :

— On fait la paix. Je continue tranquillement avec mes appareils à sous et tu t'occupes de l'alcool et des filles à Cicero.

— Bon, répond Al, avec cet air grave et malheureux qu'il portait si bien lorsqu'il voyait le succès des affaires qu'il avait longtemps désirées.

Et il envahit Cicero.

Le 1er avril 1924, la liste soutenue par Konvalinka et Capone était élue à Cicero après une violente campagne électorale. Les gangsters s'étaient massés, Thompson sous le bras, devant les bureaux de vote et ils forçaient les citoyens à voter pour Klenha — maire — et Garmody — *attorney*. La police de Chicago dut intervenir. Il y eut un combat dans la rue : quatorze escouades motorisées de *cops* dégagèrent les bureaux au gaz lacrymogène et à la grenade. John, frère d'Al Capone, mourut dans la bataille. Al Capone le pleura, mais pas longtemps : lorsque la fumée se fut éloignée, on découvrit que les candidats du Balafré étaient les nouveaux maîtres de Cicero.

Du coup, la plus grande agglomération urbaine de l'Illinois en dehors de Chicago appartenait, corps et âmes, à Al Capone. Quelle affaire ! Les professionnels de la politique, plutôt blasés d'habitude, en parleront encore dans vingt ans.

Carapacés dans des smokings luisants, ils fêtèrent cette belle victoire. Les gangsters s'étaient fait raser de très près, mais ils avaient les joues encore bleutées. Il n'y a rien à faire, et c'est leur grande malédiction, les durs italo-américains auront toujours l'air mal rasé. Ils ont le poil trop sombre. Les politiciens, eux, avec leurs moustaches blanches et leurs rides respectables, s'assirent à côté des tueurs. Capone leva son verre et dit :

— À ma santé !

Ils levèrent tous leurs verres. On fêtait, par la même occasion, l'acquittement des tueurs-torpilles, les inséparables Scalise et Anselmi. Ils avaient été arrêtés pour une bagatelle : l'assassinat de trois *cops*. Vers la fin du repas, tout le monde étant très gai, les tueurs se battirent, pour rire, à coups de bouteilles de champagne. Ils s'aspergèrent en hurlant de joie. Les bouchons sautaient comme des balles de mitrailleuse. Les flaques de champagne moussaient sur le parquet. Clicquot, Heidsieck, Mumm, à vingt dollars la bouteille !

Al regardait tout cela sans passion. Il y avait longtemps qu'il ne buvait plus d'alcool. Pourtant, les jets puissants de ce liquide doré qui traversaient la salle lui montèrent à la tête, comme peuvent vous saouler, lors des vendanges, les fumées de vinasse qui sortent du pressoir.

*

Les ouvriers prenaient le métro vert dans le centre de Chicago. Ils descendaient au terminus : Cicero. Lorsqu'ils sortaient de dessous la terre, ils croyaient ne plus vivre aux États-Unis. Des racoleurs en uniformes d'amiraux braillaient dans des porte-voix :

— *Games, girls and drinks! Come on in!*

— On joue, on boit et il y a des filles ! Entrez !

Cent mille hommes entraient pour se laver de la fumée et de la crasse de leurs usines. Toute la ceinture grise et peuplée des banlieues de Chicago suivit le mouvement. Sortis des aciéries et des raffineries d'essence, les hommes de Gary, Hammond, Stickney, et autres agglomérations sinistres se répandaient dans les « villes de plaisir » d'Al Capone.

Ils retrouvaient des femmes en jupes courtes et des musiciens qui soufflaient dans des trompettes et des trombones. Ils écoutaient la plus belle musique de leur temps : le jazz.

La nuit n'était plus la nuit. À peine était-elle encore noire tant la lumière électrique des tripots lui avait donné une teinte rouge.

*

O'Banion :

— Il m'ennuie, ce Capone. Je le vois venir, je

le vois venir. Si on se laisse faire, dans un an, il possédera toute la ville.

Inquiets, les Irlandais se groupent sans se concerter autour de M. le Fleuriste. Il les reçoit un par un dans sa boutique qui sent bon. Sa femme leur offre un jus de figue éclairci d'eau gazeuse. La femme de Dion O'Banion est une douce blonde assez minuscule qui a le sein fort. Son mari l'embrasse dans le cou en murmurant :

— *Darling, darling.*

C'est elle qui tient les comptes de la boutique. À force de vivre parmi les fleurs, elle a pris un teint fragile qui fait croire qu'elle mourra jeune.

Cela dit, l'Amérique, on peut l'expliquer par les Irlandais et les Italiens :

Les Irlandais, ce n'est pas pour rien qu'ils paradent une fois l'an, du début à la fin de Broadway, en plein New York, sous les confettis, les pages d'annuaires téléphoniques et les rouleaux de papiers hygiéniques. Ce jour-là, c'est le jour de la Saint Patrick, patron des Irlandais. S'ils célèbrent ce jour en faisant éclater les cuivres et sonner les tambours, c'est pour rappeler au reste des États-Unis qu'ils forment un tiers de la population. New York est la plus grande ville irlandaise du monde. Tous les *cops* de New York sont irlandais. Ils sont grands et gros et ils se sentent bien dans leurs uniformes. En argot des villes basses, un

Irlandais, c'est un *mick* — mais les Irlandais ne trouvent pas le mot injurieux. Répétez : *mick*, très fort, et vous comprendrez pourquoi. C'est un mot qui claque comme une balle dans un barillet et comme une boule de plomb sur un trottoir.

Les Italiens, eux, ont des complexes. Ils n'ont jamais osé défiler dans les rues avec des girls en uniforme de sergent-major et des enfants en culottes multicolores. C'est peut-être que leur immigration remonte à moins loin que celle des Irlandais et qu'ils ont la peau plutôt brune. Or, les peaux brunes, jusqu'à il n'y a pas longtemps, ce n'était pas bien vu aux U.S.A. En argot des villes basses, un Italien, c'est un *wop* — et c'est injurieux. Répétez : *wop*, très fort, et vous comprendrez pourquoi. C'est un mot qui s'affale et qui se dégonfle comme une boule de chewing-gum trop longtemps mâchée et comme un fromage pourri dans le fond d'une assiette sale.

Les Irlandais n'aimaient pas les Italiens. D'habitude, les Irlandais jouent franc jeu : bataille à poings nus et l'on se serre la main après, entre hommes, autour d'une *Pabst Blue Ribbon* — bière blonde du Milwaukee. Mais les gangsters ne sont pas des « hommes tranquilles ». Ils trouvent que le côté boy-scout, casquette sur l'œil, et grandes claques dans le dos, c'est bon pour le cinéma et pour l'Office du Tourisme. Ils décidèrent donc de dénoncer les « planques » de Capone à la police. En traîtres. En cafards.

Le 19 mai, un policier prévenu par un coup de téléphone pas tellement anonyme, s'engouffre, suivi de douze autres collègues, dans un hangar de Cicero. Le hangar sent l'alcool et l'essence.

— *Hands up, boys! This is a police raid!*

— Haut les mains, les enfants ! C'est la police qui fait une descente !

Étonnés, les durs se laissent faire. Ils pensaient pourtant que Cicero était intouchable. Le lieutenant de police Morgan Collins compte les camions dans le fond du hangar : il y en a treize. Il compte les tonneaux de mauvais whisky : il y en a cinq cents. Il se retourne et regarde un petit Italien chafouin à moustaches :

— Comment tu t'appelles ? lui demande Collins.

— Torrio, répond Johnny Torrio, indigné. Le lieutenant ne dit rien et se retourne à nouveau vers ses hommes. Sur son épaule, Torrio a pu lire le signe bleu et or : *Chicago Police Department.*

« Des *cops* de Chicago à Cicero ! Qu'est-ce que ça veut dire ? » pense-t-il.

Cela veut dire que Dever, le maire actuel de Chicago — un type pas trop pourri — a profité de l'absence temporaire de Torrio et de Capone.

Les deux compères s'occupaient à Cicero. Pendant ce temps, Dever a nettoyé ses bureaux. Il a licencié les inspecteurs corrompus. Il a dit :

— Je veux de la propreté dans ma police.

Tout le monde a rigolé — mais en douce. Comme Capone passe sa vie à Cicero, les inspecteurs pourris n'ont pas fait beaucoup d'efforts pour le prévenir de ce qui l'attendait. En plus, O'Banion, l'Irlandais, a téléphoné, au moment voulu, aux policiers et aux politiciens. Lui aussi, a des appuis chez ces messieurs aux ventres ronds.

Torrio arrêté ! Et avec lui, trente-huit chicagorilles. Parmi lesquels la Petite Hymie, plus pâle que jamais. Il siffle dans l'oreille des *cops* qui le traînent devant un jury fédéral :

— Je t'écorcherai vivant. Toi et ta femme !

Les *cops* bienveillants croient que Hymie plaisante. Mais le petit Polonais est sérieux : à la nuit, lorsqu'il n'est pas perdu dans les chairs d'une femme, il rêve qu'il étripe les honnêtes gens.

Le comptable de Capone arrive en suant. C'est Abbadabba. Il bégaie à n'en plus finir.

— Jette tout ça par terre, dit Capone — qui a de l'humour à ses heures — on va trier.

Il arrive finalement par comprendre ce qui se passe : le garage fouillé, les amis arrêtés.

— Y a un vendu qui nous a donnés !

Il s'assied. Il mord un cigare. Il crache le cigare.

La tête lui enfle. Ses yeux rougissent. Il retourne à Chicago. Piquett, l'avocat véreux, lui dit :

— Surtout, faut pas t'exciter. Téléphonons.

Al Capone téléphone et il finit par découvrir un ou deux juges qui accordent la liberté provisoire à Torrio. Johnny purgera ses neuf mois de prison lorsqu'il voudra...

Cela ne fait rien : le dernier sursaut d'honnêteté du maire de Chicago oblige Capone à revenir dans la grande ville. Et d'autre part, le vieux boxeur Eddie Tancl, qui n'a pas digéré sa défaite dans la bataille pour Cicero, croit pouvoir reprendre du champ. Eddie Tancl passe sa main dans ses cheveux blanchis. Il se dit qu'après tout, si Torrio se laisse arrêter dans un raid de police, cela prouve que les Italiens ne sont pas tellement puissants.

Alors, peu à peu, Eddie Tancl essaie de reconquérir sa vieille bourgade, son vieux Cicero.

— Écoutez, écoutez, dit-il aux tenanciers et aux distillateurs, vous croyez pas que ça serait pas mieux si j'étais patron ?

Et il arpente les trottoirs de sa banlieue. Il ne la reconnaît pas. Avant, il y avait des clubs de bridge et des ribambelles de *drugstores* inoffensifs. On y vendait de la crème à raser et des bâtons d'orge. Et il y avait les halls de machines à sous : le vice bon enfant, hypocrite et familier. Maintenant, Eddie Tancl voit des clubs de jeux, — roulette — et des ribambelles de bars qui ont des noms de bateaux. Eddie Tancl est nostalgique. Il tente de revenir dans le passé.

— Écoutez, écoutez, répète-t-il, à voix haute, Capone, c'est pas un chef.

Sa voix était très haute et Capone l'a entendu. Il dit :

— Ce Tancl est insupportable. On peut plus le garder.

L'ordre de Capone est transmis aux tueurs qui attendent patiemment, au troisième étage de l'hôtel. Avachis sur les canapés de cuir, les tandems de tueurs à la solde du Balafré, attendent ainsi, comme des couples dans les maisons à l'antichambre du mariage.

Pour exécuter Tancl, on choisit le couple Myles O'Donnell et James Doherty.

Le couple O'Donnell-Doherty tua Eddie Tancl dans l'après-midi. On tue beaucoup dans l'après-midi en Amérique. Évidemment, c'est difficilement compréhensible en Europe et en particulier en France, pays de mangeurs. Après leurs gigantesques déjeuners au vin et au fromage, les petits tueurs français auraient bien du mal à exécuter un contrat. Il leur faut attendre la nuit pour qu'ils se sentent à nouveau capables d'un crime. En attendant la nuit, ils s'allongent dans des fauteuils et digèrent sans honte leurs pâtés et leurs fritures.

En Amérique, pays d'alimentation saine, les après-midi sont agréables et bien remplis. O'Donnell et Doherty avaient juste consommé une tarte aux myrtilles et un bout de saucisse entre deux tranches de pain mie et un verre de lait. Alors, ils avaient le ventre guilleret et ils pouvaient marcher dans la rue sans se sentir écrasés par la bouffe.

Dans l'après-midi de Cicero, deux hommes arrêtent leur mince Ford noire et haute sur pattes en face du Devore Bar. Comme il fait une chaleur de trente-huit degrés, le trottoir est absolument désert. Le bar aussi. Tancl est seul. Le barman est polonais, il s'appelle Leo Klimas, il a dix-neuf ans.

Les tueurs poussent la porte et disent :

— Bonjour, Tancl ! Pense à ta mère !

Un duel au P. 38, d'ordinaire, cela dure à peine une minute. Si le tireur n'a pas tué le tiré, le tiré a une chance de tuer le tireur. De toute manière, la première balle coûte la vie : une perle pareille dans le ventre, cela vous envoie à tout jamais chez les silencieux de l'au-delà. Tancl, vieux chançard ! O'Donnell a raté son coup. Sa balle perce le comptoir. Tancl s'agenouille et tire en même temps. Doherty, mal inspiré, fait rouler une table épaisse et tire à son tour. Cela fait trois explosions. On dirait des outres d'eau qui éclatent dans la cour d'une ferme. Doherty tombe. Tancl fléchit les genoux. O'Donnell n'a plus qu'une balle dans le chargeur. Il s'avance et la tire dans les poumons de Tancl. Tancl se relève, une tache rouge sur sa chemise. Il lève ses yeux de vieux chat vers O'Donnell et il voit qu'il a perdu. O'Donnell fait un vilain sourire qui découvre ses dents sales. Tancl va mourir. Il jette son P. 38 au visage pâle de O'Donnell mais le tueur recule et le revolver tombe avec un bruit creux.

— *Kill the rat! He's got me!*

— Tue le rat! Il m'a eu! crie le vieux Tancl au barman et il s'étale comme une vieille mouche bleue et il meurt.

Le barman, qui était jeune et pas très brave, ne bougea pas du tout. Mais Doherty, qui n'avait, tout compte fait, qu'une égratignure sous l'aisselle, l'abattit. Il se vengeait de n'avoir pas tué Tancl lui-même! Le barman et sa veste d'un blanc douteux disparurent sous le comptoir. Le soleil avait complètement envahi le bar. Sous sa lumière accablante, les deux cadavres avaient l'air très âgés et leur sang très poisseux.

*

Capone :

— Alors, il reste plus qu'O'Banion. Mais lui, on va se le farcir en douceur.

Et il lui propose un pacte. O'Banion garde le

contrôle de la vente d'alcool dans les quartiers nord. On lui donne même un pourcentage sur les recettes du « Ship », une boîte énorme, cent mille dollars de jeux tous les soirs. O'Banion et Capone se serrent leurs mains humides comme des collégiennes pendant la récréation.

La première fois qu'il fit l'amour, Al Capone pensa : « Ben alors, si c'est que ça ! »

Et il se détourna, déçu, vers l'argent et la puissance. Il lui arrivait pourtant, avec assez de régularité, d'accomplir son geste et son devoir de mâle, mais comme il n'avait jamais le temps de trop réfléchir à ces problèmes, cela n'allait pas tellement bien. Il prenait son plaisir, mais il en donnait peu. Il était égoïste. Il ne pensait pas à la femme. Il n'était pas généreux. Tout le monde sait qu'en amour, un homme est souvent obligé de se sacrifier, de se freiner ou de se forcer. Capone se soulageait et repartait, son chapeau blanc à larges bords sur sa tête de crapaud. La fille restait, vautrée sur les couvertures, pas heureuse. Les agaceries et le boulot de préparation, ce n'était pas pour Capone. Il aurait eu du mal à passer plus d'une heure aux côtés d'une femelle.

Et puis, il pensait souvent à Colosimo et il se disait :

— C'est les femmes qui l'ont perdu.

Alors, il évitait les regards des filles. Les filles le trouvaient riche et brutal et elles auraient bien voulu lui apprendre l'amour. Avec ses bagues au bout des doigts et son sourire ignoble, il ressemblait à un prince déchu mais il ne s'en doutait pas.

Tout cela pour vous dire que, lorsque Al Capone rencontra Mae Barbara, il était fin prêt pour le mariage. Comme il n'avait jamais connu les merveilles du matelas, il avait reporté ses rêves sur une créature un peu innocente et avec qui il aurait pu rattraper le temps perdu.

Elle ne saurait pas grand-chose. Lui non plus. Tous les deux, ils s'entendraient bien, ils se tiendraient par la main et tant pis pour le vice!

Mae Barbara était une jeune femme rose aux cheveux couleur de foin. Elle avait des phares dans les yeux mais elle ne les allumait jamais. Avec ses joues poudrées, elle avait l'air d'une Petite Fiancée Américaine. En réalité, c'était la dernière venue des prostituées de la Trente-Quatrième Rue.

Sa mère vendait des aubergines et des pastèques le long des routes du Kansas. C'était une vieille adipeuse toujours vêtue de noir qui agitait les tranches de ses légumes au-devant des voitures qui arrivaient. Comme il fait chaud dans le Kansas, les automobilistes s'arrêtaient, un peu pour voir la gueule de cette vieille incroyable et aussi pour acheter, à vingt-cinq cents, la tranche de pastèque, de quoi se rafraîchir le gosier. En fait, cela ne les rafraîchissait pas tellement et leur donnait à tous les coups, la colique pour quarante-huit heures. La maman de Mae Barbara ne fit donc jamais fortune. Elle vendit alors sa fille, qui était vierge et qui avait seize ans, pour mille dollars à un métèque nommé Brocca. Celui-ci la viola dans une chambre d'hôtel de Kansas City. Tout ce que Mae Barbara se rappelait, c'était un gémissement continu d'alouettes et de pigeons. Cela s'était passé au vingt-troisième étage d'un immeuble et les oiseaux venaient faire leurs besoins sur le rebord des fenêtres. Ils chantaient souvent.

Ensuite, Mae Barbara se retrouva à Chicago. Brocca avait disparu et Sally la Boiteuse avait pris la petite en charge. Lorsque Sally vit cette fillette, elle l'emmena dans son salon particulier, la fit asseoir sur un fauteuil en cuir et lui dit :

— Avec une gueule comme la tienne, tu feras un malheur chez les petits vieux.

Mais Mae Barbara n'avait pas envie de faire une carrière dans la prostitution. Elle voulait surtout vivre seule et cachée. Elle rêvait qu'elle était couchée dans une pièce sombre, chaude et richement meublée et que personne ne venait la déranger. Dans ces cas-là, elle aurait pu penser à des choses douces et pures et oublier Brocca, sa mère, les routes du Kansas, l'odeur des pastèques et le cri des pigeons.

En un sens, elle aussi, elle était prête pour le mariage. Elle rêvait d'un mari très riche et très occupé qui l'aurait laissée seule la journée entière, à ne rien faire, dans des chambres closes et douillettes. Al Capone la découvrit recroquevillée sur la banquette dans l'entrée du Victorina's, un bordel dont Sally était la sous-maîtresse.

— Qui c'est, cette fille ? chuchota Capone à Sally.

— C'est Mae Barbara, une pauvre poulette, fit la vieille professionnelle. Comme toutes les filles de joie, elle avait un petit sentiment pour les débutantes.

— Fais-la venir chez moi ce soir, dit Capone.

Sally voulut parler mais Al la regarda dans ses yeux fatigués et elle ferma ses lèvres gercées et baissa les paupières. Il sortit en agitant ses bagues et ses doigts comme pour leur enlever la poussière.

Il rentra chez lui, à Cicero. Il avait acheté un hôtel entier, le Hawthorne. C'était un immeuble en briques de trois étages qui ressemblait à un moulin. Perché au bout de la Vingt-Deuxième Rue, il dominait une partie de la banlieue et avait un air tout à fait honnête. Mais dès que l'on s'approchait, l'hôtel Hawthorne faisait peur. D'abord, il y avait, disséminés sur les trottoirs, une douzaine de gorilles qui se baladaient les mains dans les poches, les yeux cachés sous leurs chapeaux melons. C'était un premier barrage. Ensuite, en levant la tête, on pouvait voir le soleil faire des reflets étincelants sur les volets des étages. C'était normal : les volets étaient en acier, les portes aussi. On avait fini par ne plus dire : l'hôtel Hawthorne, mais le château Capone, lorsqu'on parlait de cet immeuble infâme.

Il fallait traverser un passage long de neuf mètres et déjà le portier avait signalé votre arrivée par un coup de gong — pour les tueurs du rez-de-chaussée — et un signe des doigts, pour les observateurs du premier étage. Ceux-ci regardaient à travers les lucarnes, la main gauche posée sur leurs chargeurs de mitraillette en forme de croissant de lune — on les appelle aussi les fromages, parce qu'ils peuvent ressembler à des tranches de camembert.

Le hall central était un quadrangle. Tous les fauteuils, le standard du téléphone, le comptoir aux cigares et les banquettes étaient disposés face au passage. Lorsqu'on en débouchait, on se trouvait donc devant des visages. On avait calculé que personne ne pourrait tourner le dos à l'arrivant. Cela donnait l'impression d'un tribunal de haute justice ou d'un théâtre en rond. Vous étiez l'acteur ou l'accusé et le monde vous biglait. Les spectateurs avaient le menton bleu, des guêtres beiges aux chevilles et des bosses dans les vestons. Une fumée blanche de cigare faisait mal aux narines. Le silence faisait mal aux oreilles. Les regards faisaient mal aux ventres.

Capone était bien protégé, pas d'erreur. Il se tenait au deuxième étage, en bras de chemise, sans faux col, il gesticulait et criait :

— Un *poco più*!

Ce qui veut dire en italien :

— Un petit peu plus!

Ce qui veut dire en terme de jeu :

— Les dés que l'on lance — le *crap game* — c'est bien gentil mais cela n'est drôle que si les paris grossissent sans arrêt. Alors, entre chaque passe, on relance la mise à coups de *Greenbacks* — les dollars à dos vert — sur une petite table encaustiquée. Les dés roulent le long du parquet. Les Italiens s'excitent et trépignent. Ils rajoutent du dollar. Du fond de la pièce, un sous-fifre annonce les chiffres.

Al Capone tire la langue et roule ses yeux. Il embrasse ses doigts qui agrippent les dés. Puis il les lance à toute volée. La nuit est arrivée. Il y a des bouteilles de bière alignées le long d'un placard comme des peupliers. Al Capone a rajouté encore un *Grand* — mille dollars, en un seul billet — sur la table. Aux courses c'est pareil ! Al ne joue jamais placé, toujours gagnant. Il dira plus tard :

— Rendez-vous compte, j'ai paumé dix millions de dollars à jouer sur des canassons et des clebs.

Car il jouait aussi sur les lévriers. Les chiens minces et gris qui couraient sur les pistes lui faisaient monter le sang à la tête. Il trouvait que c'était formidable et qu'ils étaient beaucoup plus jolis à regarder que les gens dans la rue, lorsqu'ils traversent les carrefours, à la sortie des usines. Il possédait toutes les actions du Club de Courses de Lévriers de Cicero. Cela rapportait cinq cent mille dollars par an : plus de quatre cents chiens, des *greyhounds*, dressés à la poursuite du lapin électrique.

En attendant, il est onze heures du soir dans le château Capone et la porte du deuxième étage s'ouvre.

— C'est Sally la Boiteuse qui veut vous voir, dit un tueur à Al.

Al fait vider la pièce et il ramasse, dans la hâte générale, les billets verts qui traînent.

— Salut les gars, à bientôt, dit Al d'une voix qui se fêle.

Il aperçoit en effet dans le couloir un couple étrange et démesuré : Sally la Boiteuse enveloppée dans une vieille fourrure jaune et la petite Mae Barbara, serrée dans une robe noire, les joues pâles et les yeux baissés.

— Fous le camp, dit Al à Sally, et la femme part en boitillant.

On l'appelait Sally la Boiteuse parce qu'elle s'était tiré un coup de revolver dans le pied, un jour qu'elle était saoule et qu'elle voulait tuer les mouches qui encombraient le bout de son lit. Elle arrivait du Nevada et elle avait un Colt dans le tiroir de sa table de nuit. Elle voyait les mouches tourner en rond au-dessus de l'édredon. Elle prit le Colt et tira dans le tas. Son pied attrapa la balle. Depuis, elle boitait mais elle en était très fière et racontait son histoire à tous les journalistes de Chicago.

— Asseyez-vous, dit Al Capone à Mae Barbara, et il désigna un canapé encombré de coussins verts.

Elle s'assit et ils se regardèrent. Il vit dans ses yeux qu'elle était la femme de ses rêves. Elle vit dans les siens que ses souffrances étaient finies. Ils se marièrent le plus régulièrement du monde au bout de deux semaines. Elle eut un enfant. C'était un garçon.

*

La guerre est déclarée !

O'Banion a fait piller le Cibley's, un entrepôt de bouteilles de whisky qui appartenait à Al Capone et l'Italien a répondu en faisant défigurer deux Irlandais à la sortie du « Ship ». La trêve n'a donc duré que trois mois. Un matin, O'Banion, en nettoyant sa boutique de fleurs dit, devant quelques témoins :

— *To hell with the wops !* Au diable les Ritals !

En plus, il y a une histoire de dettes : Genna doit trente mille dollars à Capone et O'Banion. L'Irlandais dit :

— Faut qu'il paie !

Capone, qui veut conserver l'amitié de Genna et ses frères, dit :

— Ça n'a aucune importance !

Ils se quittent, furieux. Al pense :

— Faut qu' je fasse vite. Autrement, c'est moi qui meurs le premier.

Torrio, dans son coin, approuve et mâchonne sa moustache. Comment va-t-on faire ? Dans sa boutique de fleurs, O'Banion ne quitte jamais ses trois revolvers. Le soir, il s'entoure toujours de Weiss, Moran, Alterie, des vilains tueurs qui n'ont pas peur des Italiens. Coup de veine : Mike Merlo, le Président de l'Unione Siciliana vient de mourir de mort naturelle. C'est très étonnant mais cela arrive quand même de temps à autre. Comme on aimait bien le vieux Mike et que l'Unione est une association de vrais truands, les commandes de fleurs et de couronnes affluent chez O'Banion.

Le téléphone — le numéro 247-17 à Chicago — sonne, sonne, sonne :

— Allô ! Ici Johnny Torrio. Salut Don (le ton est plutôt froid). Tu me mettras pour dix mille dollars de fleurs de côté pour le vieux. Salut.

— Allô ! Ici James Genna. Salut Don (le ton est amical). Tu m'en mettras pour sept cent cinquante. Prie pour le vieux Mike. Salut.

O'Banion, très affairé, prend les commandes et les marque au crayon gras sur un calepin d'épicier.

— Allô ! Ici Vacco. Dis donc, y a des copains à moi qui vont chercher des chrysanthèmes. Sois gentil avec eux. Salut !

— Salut, fait Don — et c'est la dernière fois qu'il a parlé dans un téléphone.

Il est midi. On est le 10 novembre. Il fait froid. O'Banion dit à Crutchfield, son portier noir :

— Va-t'en balayer le devant de la boutique.

Crutchfield sort dans le vent. Une conduite intérieure bleue s'arrête devant lui. Il voit un homme en chapeau mou derrière le volant. Trois autres hommes en chapeau mou descendent de la voiture et ils entrent dans le « O'Banion Flower Shop ». Crutchfield les suit et commence à balayer le parquet, jonché de feuilles et de tiges de chrysanthèmes. Les trois hommes s'avancent en ligne, le plus grand au milieu, vers O'Banion. Il les voit et sourit :

— Salut, vous venez pour les chrysanthèmes du vieux Merlo ?

Et il leur tend la main droite. Dans la gauche, il y a ses ciseaux de fleuriste.

Tout le monde, à Chicago, aurait pu vous le dire :

— D'ordinaire, lorsque O'Banion rencontre des inconnus, il reste à trois mètres d'écart, la main droite à la hanche, le pouce en arrière et les autres doigts en avant — prêt à sortir le revolver automatique caché dans sa poche spéciale.

Pourtant, le 10 novembre, à midi, les mains de O'Banion ne sont pas des mains de tueur. Il est cordial et amical. Il faut croire alors qu'il connaît les visiteurs et que ce sont des amis.

O'Banion va mourir ! L'homme du milieu, grand dans un manteau noir, prend sa main droite et la serre, comme s'il voulait la broyer.

— Salut, Don, fait l'homme entre ses dents carrées.

Et il ajoute, doucereusement :

— Tu seras tout seul dans ta boîte en sapin.

O'Banion a compris, mais il est beaucoup trop tard. Il y a cette main de fer qui le retient ! Sa main gauche lâche les ciseaux de fleuriste mais déjà les deux autres tueurs déchargent leurs pistolets dans les poumons de l'Irlandais. Réfugié derrière un pot de bégonias, le portier Crutchfield, affolé, compte les coups : six balles. Deux dans la poitrine, une dans le larynx, une à l'épaule, une dans la joue droite et la dernière balle, la sixième, dans la tempe gauche : le coup de grâce.

O'Banion meurt parmi les fleurs. La peau de son visage moustachu est pigmentée de grains de poudre tant les tueurs ont tiré à bout portant. Il avait trente-deux ans.

Les trois hommes sortent du magasin. Un jeune *cop*, un stagiaire, Gregory Summers, les voit réintégrer la conduite intérieure bleue. Le *cop* trouve qu'ils ont l'air un peu pressés mais il ne fait pas un geste.

Le Noir Crutchfield sanglote. Il est midi et dix minutes. À quatre heures, dans la ville, on ne sait pas encore — à part quelques *cops*, la veuve de O'Banion et les intimes. Mais le soir, à l'heure où les fumées d'usine sont avalées par la nuit, Chicago tout entier connaît la nouvelle : Don O'Banion, M. le Fleuriste, a été lâchement assassiné par trois hommes à l'air étranger ! Il y en avait un qui était très grand et les deux autres étaient courts et trapus. C'étaient sûrement des Italiens.

Dans son bureau qui sent le papier, le chef

des détectives, William Shoemaker, déclare à la presse :

— C'est le meurtre à la poignée de main ! La victime connaissait ses tueurs. La lumière sera faite.

La presse a peur : « Ne serrez pas la main de n'importe qui ! Vous pouvez en mourir », titre l'éditorialiste du *Tribune*. Et de Baltimore à Kansas City, la mort du plus puissant Irlandais de Chicago révèle à l'Amérique ahurie que la guerre civile a recommencé. Ce n'est plus entre le Sud et le Nord cette fois, mais entre les *wops* — Ritals — et les *micks* — Irlandais — et cela se passe dans les limites de la cité de Chicago. Capone, Torrio, les Genna sont interrogés, photographiés, innocentés, photographiés. C'est la gloire.

On coucha ce pauvre O'Banion dans un cercueil de dix mille dollars. Il avait de doubles parois en bronze et en argent massif. Il était imperméable à l'air et capitonné de satin blanc. Le couvercle était fait d'épaisses glaces qui permettaient de voir le mort.

Sbarbaro, l'entrepreneur de pompes funèbres, exposa le tout pendant trois jours. Autour du pauvre O'Banion, des anges en argent soutenaient des candélabres d'or où brûlaient des cierges blancs. Des musiciens chétifs se relayaient à l'orgue électrique. Une plaque de marbre était posée aux pieds du pauvre mort. Sur la plaque, on lisait : « Laissez venir à moi les petits enfants. » Les petits enfants venaient, le chapeau melon rabattu sur leurs yeux secs, le cigare éteint au milieu de leurs lèvres froides. Dix gardes du corps, mitraillette au poing, protégeaient le cercueil.

Chicago en parle encore aujourd'hui : l'enterrement fut quelque chose ! Malgré la neige et la pluie, les rues grouillaient. La police montée dut charger la foule pour laisser passer le cortège. Vingt-six chars de fleurs transportaient les couronnes.

Pendant que l'on rabattait la terre sur le cercueil du pauvre O'Banion, les vivants se regardaient avec des sales regards. Capone et Torrio étaient là : ils ne pouvaient pas faire autrement. Ils virent dans les yeux des frères d'armes d'O'Banion qu'ils étaient, à leur tour, condamnés à mort.

Le chien et le chauffeur moururent. Torrio échappa de justesse, mais son chapeau fut transpercé et la peur le prit à la gorge et ne le quitta plus.

Cela s'était passé le lendemain même des funérailles de O'Banion. Hymie Weiss et trois de ses meilleurs tueurs s'étaient dissimulés derrière leur voiture, le long du trottoir, face au domicile de

Torrio, dans Clyde Avenue. Torrio était arrivé, dans sa Cadillac. Weiss avait dit à ses tireurs :

— Vous commencerez à arroser dès que la portière s'ouvre.

Mais Torrio fit passer son chien, Puppy Sammy, avant lui, car le chien, un terrier noir et blanc, avait une violente envie de pisser. Il reçut la première rafale dans son ventre. Le chauffeur, entendant les coups, s'affola et voulut sortir de la Cad pour s'abriter dans l'immeuble. Il reçut la deuxième rafale et s'étala sur le corps du clebs ! Torrio, plus froid et moins nerveux, s'allongea sur la banquette de sa voiture et attendit.

Weiss dit :

— Merde ! Torrio était pas dans la tire !

Il n'alla même pas vérifier. Lui et ses tireurs rengainèrent les mitraillettes dans les étuis à violon et ils s'enfuirent car les sirènes des *squad-cars* commençaient de chanter. Les *squad-cars*, ce sont les patrouilles de police. Alors, Torrio se leva, sortit de la Cadillac, tapota le ventre tiède de son chien mort en disant :

— *Poor doggie !*

Il n'eut pas un regard pour le chauffeur et il rentra chez lui. Il défit son manteau et délaça ses chaussures. Il voulut allumer un cigare et soudain ses mains tremblèrent. Il ne put les arrêter. Il sentit un grand vide désagréable dans l'estomac et il courut se soulager. Lorsqu'il revint dans son bureau il s'aperçut que ses mains tremblaient toujours. Alors, il sut qu'il avait peur et que cela durerait très longtemps.

Le grand Torrio, le moustachu, l'homme au regard méchant, le mangeur de sandwiches au piment, le czar du crime. Torrio a peur ! Avant, il était méfiant. Maintenant, il a la trouille : c'est drôlement différent.

Ses jambes faiblissent lorsqu'il sort dans l'avenue. Sous son chapeau noir et cabossé, Torrio a l'air d'avoir pris vingt ans d'un seul coup et il a rapetissé de quelques pouces !

Il en parle à Capone :

— Tu sais, Al, on a déchaîné la furia. Les copains à O'Banion, ils ont juré de nous tuer, toi et moi.

Al Capone sourit vaguement et il tend sa main dans le vide, à plat.

— Tu vois mes doigts ? dit Al à Torrio. Ils tremblent pas.

Torrio baisse les yeux. Le soir, dans son lit, il pleure sous l'oreiller :

— Maman, maman, j'veux pas, j'veux pas.

Sa femme, qui est sourde et plutôt bête, ne comprend pas et n'entend pas. La peur a glissé dans les draps et sous les couvertures : Torrio n'a même plus de quoi faire l'amour. Il prend des bains chauds pour se calmer mais cela ne sert à rien. La peur, pour un gangster, c'est quelque chose de terrible : lorsqu'il voit des voitures sombres qui avancent au ras des réverbères et des bouches à incendie, Johnny Torrio se sent paralysé. Il roule des yeux vides et il a la langue lourde comme un plancher de poulailler.

Les autres le savent. Ils téléphonent :

— Dis donc, Johnny, t'as pensé à la pension de ta veuve ?

Ils envoient des lettres :

Cher Johnny,

Lorsque tu reposeras dans ta petite boîte, trois pieds sur six...

Ils envoient des télégrammes :

Torrio — Stop — Pour cercueil — Stop. Préfères-tu sapin ou cèdre — Stop — Réponse urgente — Stop.

Et Louis Alterie, le cow-boy, un des quatre fidèles qui ont juré de venger O'Banion, se promène dans Clyde Avenue, les Colt « Peacemaker » au bout des mains, en plein jour ! Son chapeau Stetson blanc sur sa tête rousse, il brandit ses revolvers et crie à tue-tête :

— Assassin ! Sors de là et viens te battre comme un homme !

Alterie a poussé un peu loin et les *cops* l'ont coffré, un dimanche matin, alors qu'il arpentait Clyde Avenue, Colt au poing. Les *cops* de Chicago avaient beau être achetés par les gangsters, il y avait une limite à tout ! Alterie rêvait trop aux exploits de Bat Masterson et de Billy The Kid — les cow-boys maudits. Les amis d'Alterie le firent sortir de prison mais ils le convoquèrent et lui dirent :

— Toi et ta grande gueule, on vous a assez vus. À force de faire le con, tu vas nous attirer des ennuis. Va-t'en.

Et ils ajoutèrent une phrase mortelle :

— *Either you drop dead, either we make you.*

Ce qui veut dire :

— Ou tu disparais toi-même ou c'est nous qui te faisons disparaître.

Louis Alterie, trente-cinq ans, comprit qu'il n'avait plus rien à faire dans la cité de Chicago. Il partit par le premier train pour Denver. De là, il s'enfonça dans la vallée de Durango où sa vieille mère possédait un ranch. Il s'y terra pendant trois étés et trois hivers. Un jour, il décida de retourner dans la ville. Mais, la veille de son départ, il fut piétiné par un étalon fou furieux qui venait de briser son enclos. Louis Alterie râla dans l'herbe jaune du Colorado. Sa mère l'acheva à coups de carabine.

À Chicago, la terreur continuait. Hymie Weiss, Moran et Drucci découvrirent la voiture bleue de Capone devant le restaurant « Chez Paree ». Eux-mêmes étaient cachés dans un car de touristes à rideaux de cuir baissés.

— *Look ! Capone's car !* Regardez ! La bagnole à Capone ! siffla la petite Hymie qui ne dormait plus depuis qu'O'Banion était mort. « Enfin ! » soupira-t-il et il appuya sur sa mitraillette en fermant les yeux.

Le chauffeur d'Al, Sylvester Barton, frappé dans le dos, tomba entre l'accélérateur et le frein à main. On découvrit les traces de cent vingt-cinq balles sur la carrosserie et dans le moteur — mais Al n'était pas dans la voiture. Il mangeait des nouilles chez Tony le Grec !

Deux jours plus tard, Barton, le chauffeur, sort de l'hôpital. Trois Irlandais le prennent par le bras :

— *Come on, Daddy.* Viens, papa, on va causer.

Barton, effrayé, ne dit rien. Il suit les Irlandais. Tout ce monde s'en va, en voiture, sur les bords du lac Michigan. Un petit homme nerveux et pâle attend sur le sable blanc. C'est Hymie Weiss. Noir vêtu, il a l'air d'un curé en pique-nique sur une plage.

— Alors, vous l'avez ? demande-t-il aux Irlandais.

— Oui, il est dans la voiture, disent les hommes qui lui parlent à distance car Hymie a mauvaise haleine.

Barton, assis dans la voiture vide, voit venir Hymie. Le sable tournoie autour de ses escarpins jaunes. Barton a envie d'ouvrir la portière et de courir, de courir. Mais il y a des miles de sable devant lui et il sait bien que les tueurs le rattraperaient. C'est pourquoi ils n'ont pas hésité à le laisser seul dans la voiture.

Hymie Weiss dit à Barton :

— Sors.

Barton sort de la voiture et s'appuie au marchepied. Les tueurs entourent Hymie, mains aux poches.

— Écoute, dit Hymie en sifflant, c'est toi le chauffeur de Capone. Si tu me donnes les heures exactes et le parcours exact de sa voiture quand tu le conduis, le matin, de Chicago à Cicero, tu restes en vie.

Hymie s'arrête car il a beaucoup parlé. Il reprend son souffle maigrichon.

— Sinon, finit-il, on te tue tout de suite.

Les mouettes pleurnichent dans le ciel bleu. Le sable s'envole sous le vent glacé. Les hommes en noir attendent mais Barton n'a pas voulu parler.

Hymie le tue de ses propres mains. On retrouve, trois mois plus tard, le corps de Barton, victime de la fidélité, dans une citerne à l'est de Chicago.

*

Torrio ne peut plus tenir. Un soir il s'en est allé. Il a roulé jusque dans l'Arkansas. Il faisait des détours et changeait de voiture tous les deux cents miles. À Hot Springs, une petite station thermale, il s'arrête pendant une semaine. Sa femme vient le rejoindre au bout de la semaine. Elle lui dit :

— Il y avait des Irlandais dans le train, avec moi.

Ils poussent jusqu'à New Orleans et puis la Floride, par la route côtière U.S. 98. Ils s'embarquent pour les Bermudes. Là, des petits enfants en culottes courtes font du vélo sous les palmiers. Torrio n'a jamais vu pareille tranquillité. Cela le rassure et lui fait oublier sa peur. En janvier 1925, il décide qu'il a une sale envie de revoir ce vieux Chicago. Il rentre.

Le 24 janvier, il ne s'est toujours rien passé. Torrio se dit :

« Après tout, ils ont laissé tomber. »

C'était le matin. L'après-midi, à cinq heures, il rentrait chez lui. Il avait fait du shopping avec sa dame.

Elle se dirige vers la porte d'entrée. Lui, bon mari, rassemble les paquets contenant leurs emplettes et s'avance, les bras chargés, sur le trottoir. Une Dodge grise ronronne dans l'avenue et s'arrête. Deux hommes en descendent et courent sur Torrio. Ils ont un automatique et un fusil à canon scié. Ils courent et se jettent, l'un sur l'avant de la voiture de Torrio, l'autre sur l'arrière. Ils ouvrent le feu en même temps.

Torrio lâche les paquets. Les mouchoirs de soie et les bonbons au chocolat lui tombent des mains ! Il détale vers la porte de son immeuble. La peur l'a envahi de nouveau : il ne sort même pas son Luger ! Mme Torrio a pu s'abriter derrière la porte. Elle regarde les deux hommes et elle hurle à la mort. Comme toujours, lorsqu'une fusillade éclate à Chicago, la rue s'est vidée. Derrière leurs fenêtres, les Américains contemplent le spectacle de la guerre. Une balle atteint Torrio au bras gauche. Il tombe. Une décharge de chevrotine le frappe à la mâchoire et à la poitrine. Il ferme les yeux en attendant le coup de grâce. Il va mourir ! Le tueur au pistolet s'approche, la bouche fermée.

Il l'ouvre pour dire :

— Crève, ordure !

Mais il n'a plus de balles. Il faut recharger ! Il prend son temps. Torrio, terrorisé, regarde ses gestes lents et sûrs. Il entend un coup de klaxon : la Dodge grise ! Le klaxon est un signal d'alarme : les casquettes plates (les *cops*) arrivent ! Alors, le tueur part vers la Dodge et laisse Torrio inanimé sur le trottoir.

À l'hôpital Jackson Park, les Italiens et Mme Torrio pleurent et se congratulent : Johnny n'est pas mort ! Aucun organe vital n'est atteint — une chance de damné.

Al Capone arrive en pleurant. Il se jette sur le lit de Torrio :

— Johnny, Johnny, ils t'ont pas eu !

Il est tellement ému, le Balafré, qu'il gémit :

— Je sais qui a fait ça ! C'est le gang à…

Il s'arrête. Il a vu dans un coin de la chambre d'hôpital un grand détective en imperméable vert. Le poulet s'en va. Capone se calme. Il fait appeler le directeur de l'hosto :

— *Listen, you bum.* Écoutez, minable. Mon copain, il faut qu'on le soigne comme un prince. Je veux douze infirmières particulières, une chambre donnant sur la cour — avec une seule porte d'entrée. Et vous laissez mes gardes du corps coucher dans la pièce !

Le directeur, Samuel W. Sisskind, se casse en deux et dit :

— Oui, M'sieur, et il s'en va.

Alors, Capone recommence à pleurer. Ce

n'était pas tant pour prouver à Torrio qu'il l'aimait, mais surtout parce qu'il avait eu grand-peur pour lui-même. Car Torrio lui avait chuchoté :

— Les deux mecs, c'étaient Weiss et Moran. Drucci conduisait la Dodge.

Les amis d'O'Banion n'ont pas abandonné.

Au bout de seize jours, Torrio quitte l'hôpital par le *fire escape* — l'escalier de secours en cas d'incendie, un escalier de fer noir. Une Cadillac l'attend, protégée par deux mitraillettes. Capone, dans la Cadillac, serre la main de Johnny mais ils n'osent pas se regarder dans les yeux. Ils ont honte : s'enfuir ainsi par le *fire escape*, c'est plutôt moche.

De toute manière, Torrio n'est plus qu'une ombre. La peur a reconquis son corps. Il ne trouve qu'un endroit sûr : la prison ! À la Lake County Jail de Waukegan, dans le Nord Michigan, Torrio purge la peine de neuf mois à laquelle il avait été condamné l'année précédente. Il embauche, à ses frais, trois shérifs adjoints pour monter la garde et un cuisinier italien qui lui prépare des plats spéciaux.

Dans sa cellule, Johnny a réfléchi : on finira bien par le tuer. À quoi bon, alors, avoir ramassé tant de dollars ? Il a compris qu'il y aura toujours, dans la nuit, une mitraillette avec son chargeur en croissant de lune et que cette mitraillette le tuera.

À peine sorti de Waukegan, Torrio dit à Capone :

— Adieu. Je te laisse tout, ou presque.

Et il disparaît. On le voit se glisser dans un wagon particulier à Buffalo. À New York, sa petite silhouette vaincue s'infiltre dans la cabine particulière d'un paquebot italien. Les sirènes crient. Le paquebot s'en va. Adieu, Johnny Torrio !

Le téléphone sonne chez Capone, à Cicero :

— Ici New York.

— Oui.

— Ça y est, Al, le paquebot est parti.

— Bon, dit Al, et il raccroche. Puis il demande la standardiste : « Passez-moi le 000-72 à Chicago. »

En pyjama rayé, cheveux défaits, il remue ses orteils en attendant la communication. À l'autre bout du lit, Mae Barbara dort de son sommeil fragile.

— Vous avez le 000-72. Parlez.

— Allô, fait Al, et sa voix coule comme le sirop d'érable : Allô, Hymie Weiss ? Ici Al Capone. Salut chéri. J'ai une triste nouvelle : Torrio vient de quitter le continent américain.

Silence au bout de la ligne.

— Alors, Hymie, conclut Al, tu ferais bien de te méfier. Je vais m'occuper de ta gueule.

Il raccroche et il tremble pendant dix bonnes minutes avant de s'endormir.

*

Seul Johnny Torrio eut le courage d'être lâche ! Il comprit que les chicagorilles ne se survivraient pas et qu'ils mourraient tous sous la douche des mitraillettes Thompson. Torrio préféra tout abandonner et se retirer dans son Italie natale, déconsidéré à jamais par les durs du monde entier. S'ils avaient suivi son exemple, les Weiss, Drucci, Moran et autres crapules auraient pu se débarrasser de leur peur. Mais il fallait bien rester, puisque les « autres » restaient. Pourtant, ils savaient tous ce qui les attendait, au coin de la nuit. Et voilà : aujourd'hui, ils font pousser les marguerites et les pissenlits, à six pieds sous la terre chaude de l'État de l'Illinois.

*

Al Capone reste seul. Torrio parti, il fait ses comptes et s'aperçoit qu'il gagne cent cinq millions de dollars ! Les agents du Gouvernement, qui commencent à s'intéresser au Balafré, décomposent ainsi le revenu du crime :

Bières et liqueurs	Dollars : 60 millions
Maisons de jeu et Courses	Dollars : 25 millions
Prostitution + Chantages	Dollars : 10 millions

Naturellement, de cette somme, il faut défalquer les dépenses, salaires, frais généraux et pourboires à la police et aux fonctionnaires de la ville. On peut donc estimer que le Balafré empoche personnellement trente millions de dollars (14 milliards et 760 millions de francs légers !).

Il pense alors :

— Je vais pouvoir m'acheter quelques petites choses.

Jusque-là, il avait bien vécu, mais toujours modestement. Lorsqu'il comprend qu'il est milliardaire, Al Capone s'achète une propriété en Floride, deux pavillons dans la banlieue de Chicago, un yacht, un avion. Il se fait construire une voiture blindée. Il l'essaie lui-même : toute une matinée, il décharge une mitrailleuse lourde contre la carrosserie et les vitres de sa voiture. Elle résiste. Il soupire d'aise, car Al Capone sait qu'il est devenu, Torrio parti, l'homme sur lequel l'Amérique va tirer le plus souvent. La chambre de son hôtel, à Chicago, est une cabine capitonnée. À travers les hublots, Al regarde les douze tueurs qui le protègent. Hymie Weiss, le Polonais sanguinaire, est le seul homme qui fasse peur au Balafré. Tant qu'il vivra, Al Capone suera.

Un peu pour faire plaisir aux quarante-cinq journalistes qui suivent son existence à la minute, le Balafré essaiera bien de prendre une assurance sur la vie. Les compagnies refusent :

— On n'est pas fous.

Tony le Grec lui dit :

— *Don't worry, Al! Nobody will dare!*

— T'en fais pas, Al ! Personne n'osera (te tuer).

Tony le Grec est un grand ami d'Al Capone. Tout le monde sait que les gangsters ont quelques amis honnêtes et simples avec lesquels ils passent des soirées innocentes et tranquilles. Tony est un vieux cuisinier grec qui tient un petit restaurant près de Berwyn Square.

Dans le fond de son restaurant, Tony garde une table, cachée par des rideaux sombres. La table est toujours réservée à son ami Al Capone, qui vient y passer de longues soirées. Les deux hommes se regardent et se parlent à voix basse et ils se font des confidences qui commencent ainsi :

— Moi, quand j'étais p'tit…

Par une nuit glaciale de la fin janvier, la neige tournoyait dans les rues désertes, Tony et Al étaient restés seuls dans le bureau du restaurant vide. La sonnette de la porte tinta.

— Des clients, dit Tony, surpris. Bouge pas. Je prends la commande et je reviens.

Tony ne revint pas. Al Capone comprit assez vite ce qu'il lui était arrivé. Sa tête huileuse inclinée contre le bureau du restaurant vide, il pleura longuement, comme un enfant. L'enquête de police — qu'il fit faire à ses frais — conclut :

« Theodor Tony, dit le Grec, restaurateur. Corps retrouvé couvert de chaux vive dans Sud-Cicero. Meurtriers inconnus. »

Tel était, pour le roi du crime, le salaire de sa gloire : ses rivaux le frappaient dans ses affections. Al Capone, attristé, ordonna à sa femme et à sa mère de vivre toute l'année dans la propriété de Floride.

Ça continue ! L'année 1926 est parsemée de soixante-quatre meurtres de gangsters. La moisson de la mort : un par semaine.

La famille Genna : six frères. Ils arrivent de Marsala en Sicile. Ils ont fait leur argent en distillant du mauvais alcool. Ils veulent prendre la présidence de l'Unione Siciliana. C'est une association de quinze mille Siciliens — une véritable armée. Le Balafré veut en garder le contrôle.

Les Genna disent :

— Le gros Napolitain, il nous les casse !

Capone recommence la moisson :

Angelo, tué à bout portant, dans une distillerie clandestine.

Mike, achevé par les *cops*, le 13 juin. Il était « emmené en balade » par les tueurs de Capone. Leur voiture est prise en chasse par l'agent de police Sweeney. Les tueurs ennemis oublient leurs disputes et mitraillent les *cops*. Pour une fois, les *cops* se défendent. Mike, poursuivi, s'écroule dans un sous-sol, la jambe sectionnée. Il perd son sang. Sweeney crie :

— Rends-toi !

— Va te faire…

On l'achève. Il vit encore ! Il donne des coups de son pied valide aux brancardiers qui le transportent à l'hôpital. Il meurt enfin deux heures plus tard. Ceux qui l'avaient « emmené en balade » sont morts aussi pendant la poursuite. C'était la « journée des soixante coups de feu ».

Antonio, troisième frère Genna : abattu dans Curtis Street par le Cavalier, un très beau tueur, venu de Sicile. Le Cavalier s'appelle Spano, il porte un gibus noir. C'est l'ami intime d'Antonio. Ils se serrent la main en souriant. Deux mains sortent de l'ombre d'une porte et tuent Antonio. *Il Cavaliere* avait été payé : une « torpille », lui aussi, il faisait exécuter ses meilleurs amis, du moment qu'on le payait bien. Al Capone lui avait donné vingt mille dollars : le prix d'une tête humaine. Le prix d'une propriété au bord de la mer.

Les trois autres frères s'enfuient, ahuris. Ils rejoignent la Sicile. Ils n'ont même pas eu le temps de vendre leurs meubles. C'est la panique ! Les Genna envolés, Sam Samoots Amatuna, incorrigible crâneur, dit à un barman :

— Je prends la succession des Genna. Je deviens président de l'Unione Siciliana.

Amatuna est un personnage incroyable : il se promène dans la rue, en plein été, avec un manteau de fourrure. Il trouve que l'Amérique n'est pas un pays chaud. Un jour, il a tué le cheval de son blanchisseur parce qu'il y avait une tache jaune sur sa chemise blanche : mal repassée. Il mange des groseilles avec des frites.

— C'est un bon mélange, vocifère-t-il.

Al Capone déclarera à un journaliste :

— Ce mec est vraiment un sauvage. Pas civilisé ! Des groseilles avec des frites ! Vous avez déjà vu ça ?

S'il fait exécuter Amatuna, ce n'est pourtant pas à cause de sa sauvagerie. Mais Al veut garder la présidence de l'Unione. Alors, dans la boutique du coiffeur de Gladys Avenue, Amatuna est assassiné, à travers la vitre, par un tireur adroit.

Épuisé par ces tueries monotones, le Balafré va prendre deux semaines de repos en Floride. Les bons citoyens du paisible État sont indignés. À l'entrée de la ville, trente-cinq shérifs en bottes noires, fusil de chasse sur l'épaule, attendent la Cadillac de Capone.

— Vous entrez pas chez nous, Al !

Capone descend de voiture et sort des billets verts. Le soleil tape fort sur la Cadillac blindée. On entend le chant de la mer.

— Vous nous achèterez pas, Al !

Capone sourit.

— Laissez-moi au moins téléphoner.

— *Okay*, font les shérifs bottés.

Ils l'accompagnent jusqu'à la première cabine téléphonique peinte en rouge. Ils l'encadrent. Le gros Italien marche au milieu des shérifs en sifflotant.

— Allô, fait Al, passez-moi Louis B. Piquett.

Il a appelé Chicago. La communication dure une heure trente. Dehors, les shérifs regardent le gros Italien qui s'agite, le visage baigné de sueur. Les shérifs plissent les yeux sous le soleil.

— Mes jolis, leur dit Al, en sortant et en s'épongeant, vous allez vous faire taper sur les pognes. Le Gouverneur de l'État va venir vous voir.

Les shérifs obstinés le reconduisent jusqu'à la Cadillac. Il fait de plus en plus chaud. Les shérifs grommellent :

— On a des ordres. Vous entrez pas à Miami !

Al ne dit rien. Il allume un cigare et le jette dans le fossé parce qu'il a vraiment trop chaud. À l'intérieur de la voiture, Maman Capone, vêtue de noir, Mae Barbara, vêtue de noir, une nurse vêtue de blanc, et le petit bébé Capone ne bougent pas. Leurs yeux sont éteints. Les shérifs regardent ce cortège immobile avec incrédulité.

On entend une sirène. Le Gouverneur ! Sa Ford, précédée de douze motocyclistes, freine sur la grand-route. Il descend, son chapeau de paille orange à la main. C'est un vieillard à cheveux blancs. Piquett, l'avocat de Capone, lui a fait téléphoner depuis Chicago, par le maire de Chicago, Big Bill Thompson, que s'il ne laissait pas entrer Al, Miami serait boycotté par les associations de commerçants du Middle West.

Le Gouverneur a cédé : la Floride produit beaucoup d'oranges, mais pas de viande ! Et si Chicago refuse d'envoyer ses wagons de *steacks* à la Floride, les grands hôtels de Miami vont hurler. Ça ferait un sérieux scandale : des millions de touristes sans bidoche !

Le Gouverneur s'avance vers Capone :

— Soyez le bienvenu à Miami, monsieur Capone.

Les shérifs sont silencieux.

— Merci, dit Capone, et il fait un signe à son chauffeur.

La Cadillac avance doucement. Capone monte et salue la foule des *cops* : motards, *cops* de la route, shérifs et gardes personnels du Gouverneur.

— Merci, Messieurs ! Je donne demain, à Palm Island, ma propriété, un grand cocktail. Vous êtes les invités d'Al Capone !

Et c'est ainsi qu'il fit son entrée dans Miami, chef-lieu de la respectabilité. Derrière le nuage de poussière, les trente-cinq shérifs déposent leurs fusils de chasse et murmurent :

— C'est pas possible. Il est plus puissant que le Président !

Le Président des États-Unis, à l'époque, c'était Herbert Hoover. Un journaliste lui demande, un mois plus tard :

— À quoi pensez-vous en vous rasant le matin ?

Le Président des États-Unis répond :

— Je pense à Al Capone.

5

Ils se retrouvèrent tous en septembre. Il faisait lourd, des colonnes de vapeur montaient de l'asphalte chaud. Septembre : la rentrée des classes ! Comme des écoliers, les gangsters ont pris leurs vacances.

Al Capone a passé l'été dans la grande villa de Floride face à la mer. Hymie Weiss a pêché le saumon au large des Bermudes. Bugs Moran n'est pas venu avec lui, parce que, dit-il :

— J'aime pas le regard des poissons quand ils sortent de l'eau.

Ils avaient tous des regards de poisson lorsqu'ils réintégrèrent Chicago. C'est-à-dire qu'ils savaient qu'il leur restait peu de temps pour respirer.

*

Al Capone a vieilli. On a peine à croire qu'il n'a pas encore trente ans. Il a des trous grands comme des anchois sous ses yeux vitreux. Ses joues sont tombées sur son cou comme des sacs de sable. Pour n'avoir pas l'air d'un clochard, il est obligé de se faire raser trois fois par jour. Il fume trop de cigares : cela lui donne une mauvaise haleine et lui fait des lèvres jaunes.

Il est assis à la dernière table, au fond du restaurant Hawthorne. Il sirote un café. Il est 13 h 15. Il est assis dos au mur, comme toujours.

THUMP... THUMP... THUMP... THUMP !

Al est déjà couché sur le plancher ciré ! Il a reconnu, avant tout le monde, l'abominable bruit des machines à écrire, la chanson mortelle des ukulélés : les mitraillettes !

— *Mother ! Oh, mother !*

Un garçon de café, étendu dans du sang, tient son ventre pour essayer de le garder avec lui et implore sa mère en mourant. Il a reçu la première rafale. Autour des tables, les consommateurs, affolés, plongent dans leurs soupes et leurs petits pois. La vaisselle voltige.

— *Let's not make a move !* Bougeons pas, hurle Capone à Franck Rio, un de ses gardes du corps qui, bravement, a sorti le P. 38 pour riposter.

Un silence.

— Bougeons pas, répète Capone à voix basse.

C'est une feinte. La vraie musique va commencer.

Al a raison. Son instinct de gangster ne l'a pas trompé. Au bout de trois secondes, le moulin à café des mitrailleuses se remet à tourner. C'est l'attaque, la vraie : Moran, Weiss et Drucci, les trois rigolos, font un raid. En plein jour, à ciel ouvert, ils ont décidé d'attaquer le château Capone !

Sept Stutzes — des roadsters décapotables — alignées dans le boulevard. Dans chaque voiture, deux mitrailleuses sur trépied. Elles arrosent, de bas en haut, comme le jet d'une pompe d'incendie, les fenêtres et les façades du château. Un gros homme en chemise kaki et salopette descend d'un camion blindé, installe une mitrailleuse sur le trottoir devant la porte du restaurant. Il bombarde systématiquement l'intérieur du restau. Le camion blindé surveille le gros homme pour protéger sa retraite.

Six cents coups à la minute ! Cette attaque mémorable aura beaucoup servi à l'armée des États-Unis. On peut dire, sans exagérer, que ce fut le premier exemple de la méthode *heavy firing* — appliquée depuis par les divisions blindées du général Patton sur les plages de Normandie et par les *Darby Rangers* dans les rues de Sicile — pendant la S.W.W. — *Second World War* :

Deuxième Guerre mondiale. La méthode est simple : au bout de trente minutes d'arrosage à la mitrailleuse lourde, les bâtiments, morcelés, s'écroulent comme des gâteaux secs. L'infanterie, alors, peut avancer.

Mais le château Capone était blindé. Et personne ne fut tué. Seule, une passante, Mrs. Freeman, fut blessée d'un éclat de verre dans l'œil. Lorsque Al se fut assuré que la voie était libre à nouveau, il se leva en s'époussetant et donna dix mille dollars à Mrs. Freeman pour la dédommager de la perte de son petit œil. La pauvre femme, n'y voyant rien, pleurnichait et refusait, mais le mari, qui était indemne, tendit la main et dit :

— *Thank you, Mister Capone.*

L'Italien lui tourna le dos. Il serra ses dents sales et jura :

— Ils paieront tous pour cet œil.

Cela dit assez fort pour qu'un journaliste l'entende et le publie quatre heures après, comme un exemple émouvant de l'humanité de Capone.

Ce n'était jamais qu'un petit œil verdâtre et anonyme, mais Weiss paya en effet — trois semaines plus tard. Lui, il y laissa ses tripes, son abdomen, sa dentition, ses poumons et ses testicules. Bref, il en creva.

Pendant vingt-cinq jours, six jeunes gens

avaient vécu dans deux chambres meublées, au-dessus de North State Street. Avec leurs fusils à canons sciés posés sur les jambes, ils avaient regardé la rue et attendu, en grillant des cigarettes et en se racontant comment ils avaient perdu leur virginité.

Ils savaient que la Petite Hymie traversait la rue au moins quatre fois par jour : il rentrait dans la boutique O'Banion, le vieux magasin de fleurs, devenu quartier général des ennemis Capone, ou en sortait. Ils avaient attendu la minute propice.

Hymie Weiss, tu ne vois rien ! Tu n'es plus la hyène des beaux jours de Chicago. Toi aussi, tu vieillis. Si tu étais resté hyène, tu sentirais les regards des tueurs, qui cachent leurs yeux derrière les rideaux de laine rose des chambres meublées. Pendant vingt-cinq jours, tu marches, mort vivant, sous les canons braqués au-dessus de ta petite tête de gangster.

Le 7 octobre, tes quatre gardes du corps te suivant à un mètre seulement, la rue étant assez vide, les tueurs ouvrent les fenêtres et te mitraillent. Tu as reçu dix balles dans la peau et tu es mort tout de suite.

Tu étais le seul homme qui ait fait peur à Capone. Si seulement tu l'avais su !

— Allez, allez, vous n'êtes que des mômes, faut vous calmer. Vous croyez pas qu'il y a assez de marguerites dans les cimetières ?

Maxie Eisen, le Philosophe, termina son discours par ces mots :

— Maintenant que le Général les a tous tués, donnons-nous à chacun une chance, nous les enfants de putain qui avons survécu.

Le Général, — c'était Al Capone, bien sûr, assis dans un coin, un peu gêné, assez fier. On était le 20 octobre, dans l'hôtel Sherman et les durs s'étaient réunis. Ils pensaient qu'il était temps de faire la paix. Maxie Eisen, le Philosophe, leur avait téléphoné :

— Surtout, amenez pas vos mandolines.

Ils étaient donc venus désarmés, mais si l'on avait voulu les fouiller de près, on aurait certainement découvert des Berettas petit calibre — modèle pour sac de dame — et des couteaux à cran d'arrêt sous leurs bretelles et entre leurs jarretières.

— Il faut voter un ordre du jour, dit le petit Zuta, du bout de son cigare, après deux heures de monologues.

La Cour Suprême des États-Unis dissout le Supertrust de la Standard Oil — l'essence — parce que cette société avait absorbé toutes les autres et devenait trop puissante. Mais les neuf juges en robe noire et manchettes blanches ne pouvaient guère dissoudre le Supertrust de la Booze — la boisson — puisque c'était une association de criminels sans statuts, ni siège social ni actionnaires inscrits au Registre du Commerce. Désormais, après quatre ans de luttes, cent trente-cinq assassinats — chiffre officiel — et quatre-vingt-huit trahisons, le Syndicat de l'Alcool, du Racket et du Crime devenait une force nationale qui, comme l'U.S. Army, le F.B.I. et les Filles de la Révolution, s'étendait de côte en côte : de la Californie à la Nouvelle-Angleterre, des pêcheries de sardines de San Diego aux fabriques de soutiens-gorge du Connecticut.

Ordre du jour :

1° Amnistie générale.
2° Plus de meurtres.
3° Toutes les calomnies et tous les chantages antérieurs au traité sont nuls et non avenus.
4° Toute infraction au traité sera rapportée aux délégués chargés de la discipline intérieure dans leurs groupements respectifs.

*

Le Président Coolidge avait frotté ses mains et avait dit :

— Nous purgerons Chicago.

Mais la ville avait continué de puer.

L'Attorney des États-Unis avait léché sa moustache et avait dit :

— Nous ferons respecter la loi.

Mais la ville n'avait pas cessé de cracher sur la loi.

Le chef de la police de Chicago avait rejeté sa casquette en arrière et avait dit :

— Nous arrêterons le crime.

Mais les crimes s'étaient succédé comme des poteaux télégraphiques le long du chemin de fer.

Or, quand Al Capone et ses ennemis décidèrent de s'aimer, il se passa soixante-dix jours dans la ville de Chicago sans qu'une seule balle sorte d'un seul canon. C'était enfin la paix. Les femmes enceintes n'avaient plus peur, les petits enfants ressortaient leurs gants de base-ball et couraient vers les parcs, les jeunes gens décapotaient leurs voitures, les hommes mûrs s'arrêtaient devant les stands de journaux et parlaient entre eux, les jeunes filles sortaient les robes à fleurs, les femmes laissaient les clés dans les voitures et les grands-mères s'invitaient à jouer au whist.

*

Cher monsieur Capone,

Moi, vous savez, j'aurais jamais écrit, mais c'est mon mari qu'a lu un article sur vous dans le journal et je me suis dit que si vous pouvez comme ça vous débarrasser de vos ennemis, pourquoi vous pourriez pas m'aider à faire disparaître ma voisine. Vous comprenez, elle veut empoisonner Blackie.

Blackie, c'est mon chien et il est un peu vagabond, alors il va souvent dans le jardin de la voisine et elle le bat et elle m'a dit que si elle le revoyait, elle le tuerait. C'est bien simple, l'autre jour, il était tard, je l'ai vue, elle posait des os empoisonnés dans le gazon, par-ci, par-là. Cette femme, c'est une nuisance.

On n'a pas beaucoup d'argent, mais j'ai fait des économies et si votre prix est trop cher, peut-être vous pourrez envoyer un de vos subordonnés. En attendant votre réponse, je suis votre dévouée,

WINNIFRED THOMLIN,
18. Hemlock Road,
S.W. London
(England).

On lui écrivait d'Angleterre maintenant ! Mais cela le rendait triste :

— Cette bonne petite vieille Anglaise qui me prend aussi pour un gorille. C'est pas vrai ! C'est pas vrai !

Et il était tout embarrassé par sa gloire. Quoi ! il avait purgé la ville de tous les voyous irlandais et polonais, il avait donné de l'alcool à l'Amérique, il avait fait élire deux maires et trois conseillers municipaux et on le traitait en ennemi public !

— Qu'est-ce qu'ils ont tous à me détester ? se demandait-il.

Al s'était allongé sur les coussins de cuir rouge du salon de l'hôtel Hawthorne. Il avait délacé ses souliers car ses pieds gonflaient tout le temps et bien qu'il eût fait faire des chaussures sur mesure, il n'arrivait quand même pas à se sentir à l'aise. Il sirotait une bière froide.

— Qu'est-ce que je leur ai fait ?

Jack Lingle le journaliste — qui mourra un an plus tard sous le pont de l'Illinois Central Railways pour en avoir trop su et en avoir trop dit — est assis à côté du Balafré.

— Tu leur as fait que t'es trop riche, dit Lingle avec calme.

— Si j'avais su, répond Al, morose, j'aurais jamais quitté Brooklyn.

— Si t'avais su, répond Lingle, tu serais pas né.

6

Seulement, voilà ! Comme tous les hommes, Al Capone n'avait jamais demandé à naître. Il avait été conçu un soir de printemps par un homme sans qualité, un Italien sans génie, son père. Lorsqu'il était apparu à la surface de la terre, Al avait déjà l'air d'un crapaud.

Il n'y avait pas de glaces à Naples, mais en Amérique, pays de la Beauté, les miroirs ne manquent pas. Dès qu'il avait pu se regarder dans une glace, Al Capone avait désiré être beau. Cela avait été son premier grand désir, avant la faim, la soif, l'amour ou l'argent. Pourtant, rien n'y avait fait. Il s'était regardé grandir sans s'aimer, sans se chérir. Il se dégoûtait un peu. Ce n'était pas un Narcisse. Il ne joua pas avec lui-même.

Ensuite, lorsqu'il avait atteint l'âge de onze ans, Al Capone avait voulu devenir joueur de base-ball. Ce n'était pas un désir mais un vrai rêve américain, une des obsessions de l'enfance du Nouveau-Monde. Pourtant, Al Capone était trop gras et ses mains trop molles l'empêchaient de bien tenir la *bat* — le bâton de base-ball.

Plus tard, il désira faire du football — du rugby américain, comme on l'appelle en Europe. Il se voyait entrant dans le stade de quatre-vingt mille spectateurs. Il les entendait hurler : « *Touchdown, Al Capone, touchdown!* Un essai, Al Capone, un essai ! » Alors, il enfonçait son casque sur ses oreilles, attrapait le ballon en peau de porc et il se ruait vers la ligne blanche. En réalité, il était bien trop court sur ses pattes et il s'essoufflait vite à la course, et cela aussi, il le rata.

Comme les rêves américains n'étaient pas à sa portée, il eut des rêves d'Italo-Américains. C'est-à-dire qu'il aurait bien voulu aussi chanter à l'Opéra. Il aurait distribué des autographes à la sortie du Met — le Metropolitan Opera de New York. Il aurait porté des foulards de soie blanche et des hauts-de-forme. Mais sa voix était très rauque lorsqu'il essayait de la forcer et il ne put jamais, de toute manière, chanter en mesure.

Nourri aux nouilles et à l'eau sale, il se mit à désirer le succès et l'argent. Il se plongea, sans volonté précise, sans frénésie et sans passion dans le crime. Comme c'était facile et qu'il ne connut pas d'échec aux débuts, il s'obstina et il réussit. Les

Américains le regardèrent pendant dix ans et se posèrent la question que l'on se pose le plus souvent en Amérique : qu'est-ce qui le fait courir ? Qu'est-ce qui fait courir le petit Juif du Bronx, le petit Chinois de Chinatown, le petit Irlandais du Wisconsin, les petits hommes laids, les petits hommes sales ? Qu'est-ce qui fait courir Capone ? On aurait tant voulu trouver la réponse. Cela aurait peut-être résolu les problèmes de l'Amérique. Cela aurait peut-être permis de connaître la destinée de ce pays. Tous les matins, le Président des États-Unis tenait une conférence dans son cabinet particulier et il disait à ses collaborateurs :

— Vous avez trouvé un moyen pour le freiner ?

Les collaborateurs ouvraient les mains, montraient leurs paumes vides et les secouaient en disant :

— *Sorry, Mr. President, we haven't!* (On est désolés, mais on n'a pas encore trouvé !)

Qu'est-ce qui fait courir Capone ? Il n'avait pas d'envies. Il buvait peu, il fumait beaucoup, d'accord, mais il crachait les cigares par terre en sifflant :

— *They stink !* Ils puent !

En outre, il n'était pas tellement porté sur les femmes. Il n'essayait jamais de les séduire. Finalement, c'était simple : il voulait une seule femme, et elle lui échappait sans arrêt. Il courait après l'Amérique. Il n'arrivait pas à se l'envoyer.

L'Amérique était une belle femme, grande et propre, aux cheveux blonds et à la peau pure. Elle disait aux hommes :

— Allez-y, étonnez-moi !

Et ils se mettaient tous à courir aux quatre coins de la vie, pour montrer qu'ils étaient dignes de la belle femme. Tous ! Les Italiens blafards, les Polonais humides, les Allemands carrés, les Arméniens doucereux, les Grecs courbés, les Finlandais hagards ! Tous les hommes, à la poursuite de leur rêve ; tous les Américains, à la poursuite de l'Amérique, à la poursuite de leur signification.

Lorsqu'ils avaient débarqué, deux siècles auparavant, sur les rives du Continent le plus sauvage et le plus beau du monde, les pères puritains avaient pensé que tout irait sans bavure : ils croyaient à la vertu. Ils installèrent en peu de temps la fille aînée de la vertu, la Démocratie. Ils construisirent des maisons propres et nettes et leurs femmes étaient fidèles. Ils vivaient dans l'ignorance : dans leur dos, il y avait une masse de forêts, de fleuves, de rochers, de richesses, l'Ouest, en somme, la véritable Amérique, qui attendait qu'on la découvre. Mais les gentlemen étaient trop à l'aise dans leurs demeures vertes et blanches de la Virginie et du Maryland. Alors, ils envoyèrent les crasseux, les affamés, les parias, vers l'aventure et vers le défrichage. « *Go West, young man !* » criaient les vieux hommes d'affaires établis. « Pars pour l'Ouest, jeune homme ! Là-bas, c'est la fortune, c'est la chance, l'avenir ! »

Partirent vers l'Ouest beaucoup d'immigrants fraîchement arrivés et que l'Est refusait déjà d'admettre en son sein. Ils découvrirent les armes à feu et ils tuèrent les Indiens. Il existe une puissante, une solide tendance à l'illégalité en Amérique, un violent amour de la violence. C'est le passé, l'âge de la frontière, la ruée vers l'or et vers les grands espaces, les années 1890 pour tout dire qui sont responsables de cette permanence de la brutalité dans la vie des Américains. De plus, la conquête de l'Ouest établit une fois pour toutes le culte de la réussite, le besoin de la domination territoriale et matérielle. Les bons pères puritains qui, larmes aux yeux, célébraient le courage des pionniers du Montana ou de l'Illinois, célébraient en même temps la mort de leur utopique démocratie.

Al Capone ne fut atteint d'américanisme qu'une fois arrivé à Chicago. À New York, il était un petit immigrant criminel comme tant d'autres. À Chicago, il découvrit à son tour l'envie profondément nationale de la domination, il devint un homme de l'Ouest. Il porta le crime à l'échelle démesurée de l'Amérique. S'il put étendre la corruption dans la quasi-totalité du pays, c'est qu'à partir de certaines dimensions, tout, en Amérique, est sujet de fascination et de vertige. Les peuples sont complices de leurs tyrans, de leurs clowns et de leurs héros. L'Amérique était complice d'Al Capone.

Il faut savoir quels sont les rêves. Le rêve de l'Amérique était un rêve de déraciné : s'installer, s'établir, s'asseoir, s'enraciner. Le rêve de l'Amérique était un rêve de pauvre : s'enrichir, s'empiffrer, s'embourgeoiser.

À chacun ses rêves. À chacun sa manière de les réaliser. Où sont les vrais héros et les vraies ordures ? Qui sont les salauds de l'Amérique ? Où sont les mains propres ? Puisqu'ils admettaient la pourriture des premiers milliardaires du pétrole, pourquoi les Américains n'auraient-ils pas admis la pourriture des premiers milliardaires du sang humain ? Puisque le Président Hoover pensait à Al Capone, pourquoi les Américains n'y auraient-ils pas rêvé ?

C'était l'âge de l'innocence, l'entre-deux-guerres, 1920 à 1940. Tous les vingt ans, il arrive ainsi, en Amérique, qu'un homme effraie cette nation idéaliste comme pas une. Tous les vingt ans... Joe McCarthy a été, à sa manière, le Al Capone des années 40-50. Lui aussi, il croyait *sin-*

cèrement qu'il servait une cause en chassant ce qu'il appelait « les communistes ». (Al Capone, il faut le rappeler, prétendait servir le peuple en lui servant à boire !) Lui aussi, il terrorisa un Président des États-Unis. Lui aussi mourut quadragénaire. Comme Al Capone, McCarthy fut le mauvais génie de l'Amérique. À la vérité, l'histoire le dira sans doute, il ne dupa jamais son pays. Mais il le fascina. Comme la taupe fascinée par le cobra dans les récits de jungle de notre enfance, l'Amérique laissait faire Joe pour voir jusqu'où il oserait aller.

L'Amérique : cette immense masse qui grouille, ce public insatiable en redemande toujours. Cette énorme bonne femme sucrée qui écarte un peu les cuisses et qui dit : « Prends-moi », mais qui, au dernier moment, ferme les cuisses pour crier : « Au viol ! » Cette gonzesse qui va au spectacle comme les Romains allaient aux jeux du cirque...

Lorsqu'on connaît un peu ce pays, on comprendra que tout y est spectacle. Les hommes s'y racontent perpétuellement des histoires, des faits divers, des crimes, des mariages, des déchéances et des coups fumants. Si la télévision avait existé du temps d'Al Capone, il aurait fait recette ! Mais aussi, il se serait écroulé très vite, car c'est ainsi que tomba McCarthy : une nation entière — une nation de voyeurs — le regarda tendre son doigt pour accuser le monde et elle pensa :

— Il n'a pas l'air honnête!

Alors ils tournèrent le bouton de leur récepteur et ce fut la fin d'oncle Joe.

Pour Al Capone, cela se passa un peu différemment. Mais les raisons étaient les mêmes.

Il faut, en effet, être juste : l'Amérique est un ventre démesuré qui avale n'importe quoi. Mais sa faculté de digestion est tout aussi remarquable.

*

C'est un très grand pays, jeune et admirable. Il suffit de s'étendre dans l'herbe bleue de Webbsville, Kentucky; il suffit de se tenir sur les pentes de Dolores Peak, dans le Colorado; il suffit de marcher la veille de Noël dans les rues de Dallas, Texas; il suffit de rouler en automobile, la nuit sur la Highway 66, qui traverse les déserts du Nouveau-Mexique; il suffit de monter au sommet de Beverly Hills et de contempler le Pacifique; il suffit de s'arrêter devant la Bibliothèque Principale de la ville d'Independence, Missouri; il suffit de lire les mémoires d'Harry Truman et les discours de Lincoln; il suffit de retrouver la trace des chemins de chasse d'Hemingway enfant, là-haut dans le Michigan; il suffit de ramasser les pommes de terre dans les champs jaunis de l'Utah, en septembre; il suffit de prendre le thé avec une vieille dans une maison de la Nouvelle-Angleterre ; il suffit d'ouvrir les yeux et de regarder les colonnes blanches et les toits rouges de l'Université de Washington and Lee en Virginie ; il suffit d'ouvrir les oreilles et d'écouter Count Basie, Duke Ellington, Stan Kenton et Frank Sinatra ; il suffit de connaître les films de Howard Hawks, Cecil B. De Mille et King Vidor. Il suffit de nous rendre compte, Européens fatigués, blasés, tristes et égrillards, civilisés et jamais dupes, tatillons et sceptiques, méfiants et jaloux, à bout de souffle.

Toute l'histoire de la République américaine est un mouvement constant vers l'Ouest. À la recherche de quelque chose, la pureté, le bonheur, l'arbre de vie ? À la conquête de quelque chose. On a cité plusieurs fois la phrase de F. Scott. Fitzgerald : « La France était une terre, l'Angleterre était un peuple, mais l'Amérique... c'était une volonté du cœur. » Toute l'histoire pratique de cette volonté du cœur, c'est l'histoire d'une lutte, la lutte d'un peuple pour vaincre l'étendue de son territoire.

Pour gagner la bataille contre leur propre pays — leur *land* — les Américains ont consommé grandeur et horreur, misère et noblesse, crédulité et cruauté. L'Amérique du XXe siècle s'est enfin conquise. Mais elle paie la rançon de sa conquête, le salaire de sa réussite. La rançon, c'est la corruption. La rançon, c'est le Crime.

*

Le dollar est un morceau rectangulaire de papier de quatorze centimètres de long sur six centimètres de large. Il existait autrefois des dollars de couleur orange et noire. Aujourd'hui, le dollar est vert d'un côté, gris de l'autre.

D'un côté du dollar on peut voir le portrait d'un grand Président des États-Unis : George Washington, Abraham Lincoln. C'est le côté propre et honnête du dollar. De l'autre côté, il n'y a pas de portrait. Mais on pourrait bien y imprimer la gueule boudinée d'Al Capone. Al Capone, — le Crime, — c'est le sale côté du dollar.

Le crime, en Amérique, n'est pas une maladie. C'est un symptôme. Les flics — les *cops* — ressemblent à ces pharmaciens qui vous refilent de l'Aspro quand vous avez un cancer aux poumons. À cette différence près que les *cops* vous guériraient plutôt à coups de matraques.

Les États-Unis sont un riche pays organisé. Si l'organisation américaine était symbolisée par le dollar, on pourrait voir : d'un côté le portrait de Henry Ford et de Taylor, organisateurs numéro 1.

De l'autre côté, la sale gueule boursouflée d'Al Capone, organisateur du Crime.

On n'y échappe pas : quelque dollar que l'on touche, quelque Amérique que l'on juge, on retrouve toujours le vilain portrait d'Al Capone, grand responsable de la corruption, des rackets, des Sociétés Anonymes pour Assassinats. Al Capone changea le crime américain pour toujours. C'était un artisanat. Il en fit une industrie lourde.

*

Al Capone avait-il une âme ? Une âme, ça sert à quoi ? Ça sert à se dire :

— J'ai encore fait quelque chose de dégueulasse aujourd'hui.

Il allait à la messe avec son épouse légitime. Il aimait son fils. Il aimait son épouse. Il se retrouvait parfois seul avec lui-même, à 20 heures, dans le bureau de l'hôtel Hawthorne. Est-ce qu'il se levait alors, en courbant les épaules, pour se diriger vers la fenêtre et regarder la rue à travers la vitre soumise à l'épreuve des balles ? Est-ce qu'il se lavait souvent les mains — comme Pittsburgh Phil, le tueur au pic à glace ? Est-ce qu'il collectionnait les images pieuses — comme Albert Anastasia, grand patron de Murder Incorporated ? Est-ce qu'il avait envie de pleurer, comme l'avoua Bugsy Siegel, le roi du Syndicat de Californie ?

Connaissait-il le remords, la honte, le regret, la crainte ? Était-il mal à l'aise devant sa glace ? Avait-il mauvaise conscience ? Avait-il envie de se refaire ? Avait-il froid au cœur ? Était-il malheureux ?

Il n'avait pas encore trente ans. De temps à autre, des douleurs terribles le prenaient à la tête et le secouaient. Alors, il croyait devenir fou. Il jurait en silence contre sa mère, son père, sa famille et ses ancêtres. Il aurait voulu connaître le responsable de cette douleur qu'il fallait supporter. Il aurait, dans de tels moments, assassiné les siens. Il sentait confusément que ce n'était pas leur faute, que tout cela venait de beaucoup plus loin, mais il les haïssait quand même, et il se haïssait aussi.

Jack Lingle lui conseilla :

— Va donc te reposer en Floride. La machine peut très bien marcher sans toi.

7

— Bonjour, P'pa. J'ai gagné le concours de tir de Fort Lauderdale County. C'est le shérif qui m'a remis la médaille !

Le petit Capone roule des épaules sous le soleil de Floride. Al, assis devant sa grande piscine bleue, murmure :

— C'est bien, mon p'tit.

Mais il sourit en coin : la veille, le shérif était là pour dîner et Capone lui a remis un chèque de trois mille dollars pour ses bonnes œuvres. Le shérif de Fort Lauderdale a de longues moustaches pointues. Il vient souvent à Palm Beach, dans sa Mercury rouge avec la sirène sur le toit. Chaque fois qu'un meurtre est commis à Kansas City, Baton Rouge ou Phoenix — peu importe —, il reçoit sur le téléscripteur de son bureau, un message du F.B.I. :

« Vérifier emploi du temps Al Capone. »

Très las, le shérif arrache la feuille du téléscripteur, la fourre dans la poche gauche de sa chemise kaki et monte dans la Mercury. Il fait actionner les sirènes pour pouvoir aller plus vite et parce que, ainsi, les gardiens autour de la villa Capone sont prévenus de son arrivée. Les gardiens, assis sur un monticule qui domine la route privée, saisissent leur téléphone de campagne — sur batteries — et appellent le poste récepteur installé dans les caves de la villa : la vraie organisation !

Dans la cave, Ricardo, un imbécile à cheveux roux, prend la communication :

— *Yeah ?*

— Le shérif se pointe — dit une voix qui grésille.

— Attends une seconde, fit Ricardo de sa voix grave. Je préviens le patron.

Il appuie sur un bouton rouge. Dans le salon, une lumière rouge fixée à l'extrémité du bureau de Al, s'allume. Al décroche le téléphone intérieur :

— *Yeah ?*

— Patron, la voiture du shérif signalée aux grilles du parc.

— Laissez passer.

Ricardo raccroche et rappelle les sentinelles sur la ligne de campagne :

— Ricardo 5, Ricardo 5, j'appelle Montana 6. Montana 6, m'entendez-vous ?

Ils s'amusent comme des fous, les durs. Les téléphones de campagnes accrochés à leurs bras, ils ressemblent aux commandos avancés en territoire ennemi. Il ne leur manque guère que le casque recouvert de treillis et les bottes silencieuses aux semelles en pneus d'automobiles.

— Ici Montana 6, je vous reçois. À vous.

— Laissez passer. Laissez passer. *Over and out.* Terminé !

— *Thank you. Over.* Merci. Terminé.

Les deux sentinelles sortent alors de derrière les fourrés. Ils marchent vers la grille, la main droite dans la poche du pantalon, le chapeau de paille sur l'œil pour n'être pas gêné par le soleil. Les pans de leur chemise à fleurs flottent au-dessus de leurs hanches. La main gauche pend le long de la jambe. Dans sa voiture rouge, le shérif attend qu'on lui ouvre les grilles et il regarde, par habitude, les deux hommes qui descendent vers lui, au pas, en silence, en se dandinant un peu.

Au deuxième étage de la villa, dans la tourelle qui domine la baie de la Floride, un quatrième homme suit toute l'opération avec des jumelles de course. Il a posé ses fesses sur un fauteuil rotatif. Il s'appelle Luigi Lou. À ses pieds, un *sho-shogun* : un fusil-mitrailleur à longue distance, avec lunette télescopique. À la hauteur de sa poitrine, un tableau de contrôle électrique qui commande la grille du parc, la sirène d'alarme et les projecteurs du chemin privé. S'il se passe quelque chose dans le parc, Luigi Lou qui a tout suivi aux jumelles peut faire refermer les grilles et alerter la propriété entière.

Le shérif parle à ses moustaches et il leur dit :

— On me demanderait de m'emparer de cette villa par la force, je ferais appel à l'aviation.

Mais, ce que les petits mignons de l'U.S. Air Force ignorent, c'est qu'il existe une batterie de D.C.A. aménagée dans la serre aux fleurs. Elle a coûté un million de dollars à Capone.

Le shérif est introduit dans le hall. Il se tient très droit, son chapeau pointu dans la main, un doigt passé dans la ceinture du pantalon. Il est humilié : Capone le fait toujours attendre.

— *What can I do for you ?*

— Qu'est-ce que je peux faire pour vous ?

Le Balafré apparaît en haut de l'escalier de marbre rose. Il porte une robe de chambre à pois. Il sent le mimosa.

— Ben voilà, c'est pour vérifier votre emploi du temps, commence le shérif, gêné.

Il sait bien ce qui l'attend. C'est le grand drame des policiers : ils n'ont pas beaucoup d'imprévu dans cette fausse vie qu'ils vivent. Ils savent toujours ce qu'on va leur dire. Ils connaissent déjà leurs journées. Il n'y a qu'une chose dont ils ne sont pas certains : leur mort. Mais ils n'osent jamais avouer que cela leur fait peur.

— ... vous voyez donc que je pouvais pas être à Kansas City, termine Al Capone.

L'œil innocent, le Balafré proteste :

— Enfin quoi ! Chaque fois qu'un type meurt dans la République, on vient me voir ? J'ai rien à foutre de tous ces crimes de boy-scouts.

Mais il ment et il le sait : tous les règlements de comptes entre Italiens, Irlandais et gangsters américains en général, sont dirigés pour ou contre Al Capone. Si Lombardo, Président de l'Unione Siciliana, est tué à coups de balles dum-dum dans sa tête, c'est parce que Capone l'avait nommé à ce poste et qu'en le tuant, on freinait l'ascension de Al Capone. Si l'on retrouve le corps de Pasqualino Lolordo dans le salon de sa propre maison, onze balles dans le ventre et plusieurs autres sur les murs, c'est parce que Capone a choisi Pasqualino pour remplacer Lombardo et qu'ainsi, à nouveau, on tente de nuire au Balafré.

Enfin, si Frankie Yale est tué sur les quais de Brooklyn, c'est parce qu'il a trahi Al Capone.

Avec ses escarpins orange et ses gros yeux secs, il avait l'air d'un représentant de commerce enrichi. Les autres gangsters l'aimaient bien mais pas assez pour lui dire :

— Reste avec nous, papa.

Alors, peu à peu, Frankie Yale s'était détaché des bandes. C'était mieux ainsi : le crime a besoin de loups solitaires. Frankie était littéralement devenu un représentant de commerce. Il faisait la navette entre New York et Chicago, chaque fois qu'on lui passait une « commande » — chaque fois qu'il fallait tuer un gros client. Son ombre massive s'était glissée derrière les plus grands règlements de comptes de la pègre.

O'Banion, Colosimo, Weiss, les trois géants du crime : le dernier jour de leur vie, on avait vu, à Chicago, Frankie Yale, une valise au bout de la main. Yale disait :

— Je suis là pour affaires.

C'est vrai : il vendait des petits cigares manufacturés à Brooklyn. Mais Al Capone le payait très cher pour son véritable travail : faire disparaître les gêneurs.

Lorsque tous les gêneurs ont disparu, Al Capone dit à Yale :

— On travaille ensemble.

Et il lui confie la direction de la contrebande de l'alcool sur toute la côte Atlantique Nord. Mais Yale a trop tué. Il ne respecte plus personne. Il trahit Capone en trichant sur les recettes et sur l'écoulement des marchandises. Guzik, le comptable, qui ne se trompe jamais dans ses calculs, commande personnellement l'exécution du beau Frankie. Frankie avait eu le temps de se faire quelques amis — quelques associés. Toute cette tuerie les lassait beaucoup, mais il fallait bien respecter les traditions : ils vengeraient Frankie Yale. Le croupier Stumpy Maccoli, un vieux de la vieille, ami de Colosimo, protégé de Capone, est poignardé. On lui coupe une main que l'on envoie par colis recommandé à la villa de Floride.

C'est une sorte de fleur violette et très molle. Capone la touche du bout du doigt. Elle le dégoûte mais il n'a aucune envie de refermer la boîte. Elle est toute propre : ils l'ont lavée, c'est sûr.

— La main de Maccoli, murmure Capone, rêveur. C'est Moran qu'a dû faire ça.

Al se penche sur la main qui repose dans du coton. Il lui souffle ses pensées :

— Je vais tous les tuer une bonne fois pour toutes.

Il se relève et regarde autour de lui comme un lycéen qui fait des choses sales mais qui laisse la porte ouverte pour ne pas éveiller les soupçons. Il rit :

— Je parle à la main, mais elle peut pas entendre.

Il rit encore. C'est un rire sec.

Deux heures après, Scalise et Anselmi sont là, en tenue de baigneurs, ils écoutent Al Capone qui les a fait revenir de la plage pour leur exposer son plan :

— On va tous les éliminer d'un seul coup.

Scalise et Anselmi, leur peau blanche d'Italiens vaguement roussie par le soleil, disent :

— Il serait grand temps.

Ils se lèvent tous les trois pour plonger dans la piscine. Al Capone, qui ne sait pas nager, barbote, au ras de l'eau, le cul sur un matelas pneumatique. Ses pieds font clop-clop-clop lorsqu'il les bouge dans l'eau claire. Anselmi lui dit :

— Y a des gars qui racontent à Chicago que t'as tellement la trouille que tu reviendras jamais dans la grande ville.

Capone barbote. Il dit :

— Je leur ferai avaler cette connerie.

— Ils sauront pas qu'ils l'avalent, répond Anselmi, puisqu'ils seront morts.

— Alors, dit Al Capone, j'irai chier sur leurs tombes.

Et il leur raconte son plan. Ils l'écoutent en ouvrant des yeux démesurés.

*

Ce jour-là, quoique ce fût au milieu de l'hiver, il faisait beau. La neige tombait légèrement et n'était pas désagréable.

Seuls les facteurs étaient malheureux : leurs sacoches étaient si lourdes qu'ils pouvaient à peine penser. On dit souvent qu'un facteur, au XXe siècle, c'est encore un des rares hommes qui pensent. À marcher comme cela, de porte en porte, ils ont le temps de faire des réflexions. Surtout qu'en Amérique, les distances sont longues.

Leurs sacoches pesaient lourd parce qu'on était le 14 février 1929 et que c'était la Saint-Valentin, la fête des amoureux. Vous savez : Léontine, je ne sais que penser, veux-tu m'aimer, je t'envoie une carte postale avec un cœur rose, ça veut dire, ça veut dire des choses. Ce jour-là, les jeunes gens tenaient les jeunes filles par leurs mains moites et tendres. Ce jour-là, les vieux regardaient les vieilles en se disant, on peut essayer une dernière fois avant de mourir.

Ce jour-là, Al Capone avait décidé le grand massacre de son époque. On ne saura jamais vraiment s'il choisit la Saint-Valentin par dérision, par ironie ou par hasard. Mais depuis, la Saint-Valentin n'est plus, aux États-Unis, la fête des amoureux. C'est devenu la fête du crime.

*

Il est donc dix heures du matin, ce jour-là, à Chicago.

Bugs Moran et neuf gangsters sont assis sur des bidons d'essence dans le garage du 2122 North Clark Street. La veille, Moran a reçu un coup de téléphone :

— Bugs ! J'ai un camion plein de *booze* — gnôle — qu'on vient de faucher à Capone. Tu le veux ? Je le revends.

— *Okay*, a dit Bugs.

Et il a essayé de reconnaître la voix. Mais c'était une bonne voix anonyme qui ne signifiait rien.

Maintenant, dans le garage, ils attendent la livraison. Il y a Marks et Newberry, May et Clark, les frères Gusembergs et Heyes et le gros Weinshank — tous des Pollacks et des Irlandais. Il y a aussi le jeune docteur Schwinemer, un intellectuel. Il porte un gilet de soie grenat. Il trouve que tous ces gangsters sont des gens intéressants. Il les a rencontrés un soir à l'Opéra et depuis ils ne se quittent plus.

Moran a envie d'une chique. Il dit :

— Je fonce au *drugstore* acheter du *Bull's Durham* — tabac à chiquer du Middle West. Si la livraison arrive, occupez-vous-en.

Il sort sous la neige. Il ne sais pas qu'il échappe à sa mort.

Il tourne dans l'Alley — une ruelle qui donne dans Clark Street. Il laisse huit condamnés à mort dans le garage.

Dix heures quinze : une Cadillac à rideaux tirés pousse un gros soupir devant le garage. En sortent six policiers en uniforme, leurs revolvers aux mains. Ils sont suivis de deux inspecteurs en civil qui portent de longs imperméables.

Ils bougent avec la précision d'un régiment. Leurs voix sont rauques et pointues comme toutes les voix des policiers de Chicago lorsqu'ils rencontrent des gangsters. Ils entrent dans le garage :

— Haut les mains ! Police : vérification d'identité.

On ne résiste jamais à une descente de police : cela fait partie de la routine de l'existence des gangsters. Cela se termine par une mise en liberté sous caution. Des fois, les *cops* ne vous arrêtent même pas. Ils savent trop qu'on leur reprocherait d'atteindre aux droits essentiels de l'homme.

Les huit durs lèvent les mains et les épaules, las et ennuyés.

— Les mains sur la tête. Face au mur, ordonne un des policiers.

Les huit durs regardent le mur noirci et ils font des réflexions désagréables. Dans le genre :

— Ça les amuse, tu crois, ce cinéma ?

Ou encore :

— Messieurs les policiers, est-ce qu'on pourra jouer aux billes, tout à l'heure ?

Les policiers ne répondent pas. Ils ont aligné les huit tueurs le long du mur. Ils s'écartent. Les deux inspecteurs en civil s'avancent. Tout d'un coup, un gros silence fleurit dans le garage. Les deux inspecteurs déboutonnent leurs imperméables. Au milieu de leur poitrine, retenue par une ceinture de cuir marron, il y a une mitraillette Thompson. Ils défont la ceinture. Ils regardent les huit dos silencieux.

Ils tirent.

Dans le vieux garage, les mille et une balles ont fait un bruit de volcan qui vomit. Les huit gangsters sont tombés à la renverse comme des capucins de carte, le corps scié en deux.

Chaque homme est mort au même moment. Chaque dos a été touché au même endroit. Chaque flaque de sang s'est élargie à la même seconde.

Trahison suprême : les policiers n'étaient que des gangsters déguisés ! Al Capone n'avait pas trouvé de meilleur moyen pour exécuter ses ennemis. Il avait pensé, à juste titre, que seuls des policiers pouvaient ne pas éveiller les soupçons de ses rivaux !

Le massacre de la Saint-Valentin : huit hommes assassinés dans le dos par des faux inspecteurs. Le sang rouge dans le garage noir est une image d'horreur. Elle obsédera l'Amérique : on la revoit dans vingt-cinq films. Un grand peintre en fait une fresque. *Life Magazine* la reproduit. Chicago, capitale de la viande, n'ose plus jamais se vanter de ses abattoirs. La police — la vraie — se met à croire au Diable.

Dix heures trente. Les policiers — les faux — ressortent du garage, montent dans la Cadillac, en menaçant du revolver les deux tueurs en civil. Comme s'ils venaient de les arrêter ! C'est du guignol : toute la rue y croit ! Une vieille domestique française, Madeleine Poisson, crie par les fenêtres :

— Enfin, la police se décide à agir !

Un curieux descend dans le garage. Une drôle de fumée le prend aux narines. Il pousse un hurlement de bête. Il ameute la rue :

— C'est plein d'hommes morts là-dedans !

Finalement, après vingt-quatre heures de panique, on reconstitue le massacre. Les Américains n'en croient pas leurs cœurs qui chavirent. La Nation est malade et se retourne lentement, d'un seul mouvement, vers la Floride. Elle regarde Al Capone.

Le Balafré laisse tomber ces mots :

— J'y suis pour rien.

Mais c'est une confession. D'ailleurs, il a pensé, lorsqu'on lui a appris que l'opération s'était déroulée comme prévu :

— Dire que Moran a pu s'échapper ! C'est trop bête.

Et aussi :

— Je vais pouvoir dormir tranquille.

Mais c'est fini, il ne dormira pas tranquille et tout soudain va se passer rapidement. Scalise et Anselmi, les torpilles, sont enfin abattus, comme des chiens sauvages, à la frontière de l'Illinois.

La grande dépression surprend les États-Unis. Elle vient un an après le massacre de la Saint-Valentin. Les gens simples disent que c'est un symbole. Plus d'argent, plus d'espoir : les Américains s'aperçoivent qu'on est en 1930 et que le monde change à nouveau. La Prohibition est annulée. Un par un, les gangsters deviennent des businessmen. Le jazz ralentit son rythme. Al Capone, dépassé et inquiet, s'accorde un an de réflexion dans une prison modèle de Philadelphie. Un peu pour échapper aux derniers ennemis. Un peu pour se retirer de la course aux rats. Il trouve qu'on parle trop de lui. Il devient modeste, bourgeois, anonyme et ventru.

*

Lorsqu'il revient à Chicago, le Balafré est condamné. On aurait pu le tuer depuis longtemps : après tout, le F.B.I. n'est pas à une exécution sommaire près et les *G-Men* — les agents du Gouvernement fédéral — ne sont pas des manchots. Mais ils respectaient la loi et décidèrent de faire les choses dans la régularité. Et puis l'Amérique préférait garder Capone vivant pour l'exposer dans son Musée des génies malsains — au Pénitencier.

*

Cela paraît dérisoire et risible, avec les années, mais c'est ainsi : ce que toutes les mitraillettes du monde ne purent accomplir, un fonctionnaire miteux et blafard le réussit. Quitte à décevoir le monde, il faut bien l'avouer : Al Capone fut terrassé par son percepteur !

On ne sait pas son nom : c'était un petit homme sans complexe et qui comptait très vite. Il était chef d'une équipe de *T-Men* — les fonctionnaires chargés des problèmes de Taxes, c'est-à-dire des impôts — qui travaillait à Washington. Tous ces petits hommes quittèrent Washington, leurs livres de comptes sous les bras, de gros crayons rouges fichés entre leurs têtes et leurs oreilles.

Ils arrivèrent doucement dans Chicago. Six mois d'enquête. Ils passaient de longues heures dans les banques, chez les commerçants, chez les cabaretiers, dans les maisons d'assurance et les sociétés de construction. Ils travaillaient sans bruit et avec conscience.

Première alerte : Nitti est arrêté et emprisonné pour fraude fiscale. Al Capone apprend la nouvelle à l'hôtel Hawthorne.

Il regarde la maman. Elle est venue lui parler des fiançailles de Mafalda, la petite sœur.

— Dis, maman, dit Al, soucieux, ça sent mauvais.

— Alphonse, Alphonse, geint la mère. Qu'est-ce qu'ils t'ont encore fait ?

— Oh, tais-toi, tu comprends rien, de toute façon, dit Al, son gros visage tout ridé.

La maman se lève.

— Demain, je te présenterai le fiancé de Mafalda, dit-elle, courbée sous sa robe grise et verte.

— Je le connais, je le connais, répond Al. C'est un bon garçon.

Mais ses yeux sont perdus au bout de la chambre.

— Qu'est-ce que t'as ? fait la mère avec tendresse.

— J'ai rien, dit Al et il l'embrasse gentiment sur son oreille flétrie.

La maman partie, Al Capone téléphone à ses avocats qui le rassurent. Mais il trouve que cela sent mauvais.

Il allume un nouveau cigare. Il téléphone à Ralph, son frère.

— Fais gaffe à tes comptes.

Ralph l'interrompt avec la voix nasillarde d'une fille qu'on a violentée :

— Ils sont déjà venus, Al. Ils ont tout vérifié. Je pouvais pas les empêcher. C'est des fonctionnaires.

— Alors ? demande Al.

— Alors, voilà, répond Ralph.

Le Président Hoover est relié en ligne directe avec les bureaux des *T-Men* à Chicago. Il se pend au téléphone :

— Je vous envoie deux autres agents fédéraux du Trésor : Wilson et O'Rourke.

Des as : ils prennent rendez-vous avec Al Capone. Étonné, le Balafré les reçoit. Il lit la vie de Napoléon et il a chaussé des immenses lunettes d'écaille. Les deux fonctionnaires s'en foutent. Ils lui disent :

— On voudrait bien vérifier vos livres de comptes.

— Voyez Jack Guzik, mon chef comptable, fait Al, magnanime.

Les deux jeunes hommes sont d'accord. Ils repartent en balançant leur chapeau mou à la hauteur des fesses. Al Capone les regarde et se dit : « Je les hais, ils sont tout propres, ils sortent de l'Université, on dirait qu'ils ont raison. »

« C'est pas possible ! Je m'appelle Al Capone. Je fais la pluie et le mauvais temps. J'ai trois bateaux, un avion, une jolie femme et cinquante gardes du corps. Sur les boulevards, on crie mon nom quand je passe dans ma voiture noire. Les gens me voient même pas, mais ça fait rien. Aux courses, il y a trois rangées de fauteuils spécialement réservées pour moi. Un journaliste parisien est venu exprès de Paris pour m'interviewer. Il a connu Landru. On a parlé longtemps. Il m'a dit : "Merci, Mister Capone." Ces deux mecs, ils m'ont à peine salué. Ils se prennent pour qui ? Faut pas croire, faut pas croire, je ne suis pas né de la dernière couvée. »

C'est possible ! Vous vous appelez Al Capone. On est venu vous chercher un soir de juin dans votre château de Cicero. Dans le parc, il y avait deux mille *G-Men* armés de grenades lacrymogènes et de fusils-mitrailleurs. Ils ont crié :

— Capone ! Rendez-vous !

Votre avocat vous a dit :

— Faut y aller. Ils ont un mandat d'arrêt pour inculpation pour fraude fiscale.

Comme vous êtes un chef, vous avez crié par la fenêtre du rez-de-chaussée :

— Ayez pas peur ! J'arrive !

Vous êtes sorti en manteau à col de velours et en écharpe blanche. On était en juin, mais comme les nuits sont fraîches, vous ne vouliez pas prendre froid. Ils ne vous ont pas mis les menottes aux mains. Ils vous ont regardé en suant. Vous vous êtes dit :

« Je leur fais peur. »

Vous vous êtes retrouvé dans une salle de bois rouge. Il y avait des hommes avec des robes noires et des dossiers gonflés. Ils avaient tous l'air très malhonnêtes.

*

— Comment, comment, qu'est-ce qu'il a dit ? J'ai rien compris.

Tassé sur le banc de bois, Al Capone chuchote dans l'oreille du cinquième avocat. Il a entendu des ribambelles de chiffres, et puis des mots.

— Vous en faites pas, Al, dit le cinquième avocat. C'est gagné d'avance.

La sentence :

— Six mois avec sursis.

Capone respire. Dans un coin, les deux experts fiscaux, Wilson et O'Rourke rient dans leurs têtes : ils ont demandé au juge de rendre cette sentence pour leur donner un délai. Ils ont besoin de six mois de plus pour vérifier les fraudes du Balafré. Et ils ont besoin de la liberté du Balafré. Al Capone libre, ils peuvent consulter ses dossiers. Sinon, les dossiers sont entre les mains de la défense, intouchables.

On explique tout cela très clairement à Capone. Il dit :

— Proposons-leur un marché.

Les avocats se regardent. Capone avance à petits pas vers Wilson et O'Rourke. La salle est vide. Capone dit à voix basse :

— Je suis prêt à payer quatre millions de dollars si l'État me laisse tranquille.

Wilson et O'Rourke répondent :

— Non.

Capone se sent très malade. La tête lui fait mal.

La tête lui faisait mal : c'étaient les vieux symptômes qu'il avait connus dans son adolescence. Ils retombaient sur lui comme des vagues sur les cailloux. Il suffoquait : il avait des bouchons de liège dans la gorge. Il avait de l'eau dans son crâne.

Ses poings battaient l'air. Il criait en silence, la bouche fermée, les yeux révulsés.

Des tueurs importés de Saint-Louis se promènent ouvertement devant le bureau des *T-Men*, à Chicago. Wilson et O'Rourke ont reçu deux cents lettres de menaces. Comociaturra, le spécialiste des cas de fraudes fiscales, a finalement décidé de défendre Al Capone.

— Ça te coûtera trois millions, dit le gros avocat.

Capone répond :

— Banco.

Le deuxième procès commence. Tous les jurés ont reçu des visiteurs : les agents du Balafré leur ont promis la vie sauve s'ils déclarent Capone non coupable. Cette fois, tout va bien marcher ! Les jurés ont peur. Comociaturra sourit sans arrêt. Une armée de tueurs entoure, sans se montrer, le Palais de Justice. Al Capone a mis un costume croisé vert à rayures rouges. Il a l'air joyeux et détaché.

— *Stand up !* Debout !

C'est le juge James Wilkerson qui fait son entrée. Il a des yeux de juge, des cheveux de juge, des rides de juge, et des mains de laboureur. Il est né dans l'Ohio. On dirait le Père Noël.

— En raison, Messieurs, d'un certain nombre

de pressions exercées sur la Cour Fédérale et le jury de cette Cour, le District Attorney — Procureur — et moi-même avons décidé qu'un nouveau jury siégerait tout au long de ce procès.

Dans son costume vert, Al Capone ressemble à une pomme pas mûre. Il se tourne vers Comociaturra :

— Tu pouvais pas prévoir ça, abruti ?

Comociaturra se passe la main devant le visage :

— Tant pis. On va plaider coupable !

Le juge Wilkerson continue de sa voix de juge avec des gestes de juge :

— Les nouveaux jurés ont été choisis ce matin même selon la procédure habituelle. Mister Shérif, voulez-vous les faire entrer.

Les premiers jurés, plutôt déçus mais très soulagés quand même, quittent les bancs avec des regards d'accusés. Le deuxième jury pénètre dans la salle. Al Capone les voit et il chuchote :

— C'est foutu !

Ils arrivaient tous de leur pauvre campagne. Ils avaient mis, pour la circonstance, des costumes bleus, des chemises blanches et des cravates rouges, mais on ne pouvait pas se tromper. Avec leurs joues couleur de brique, leurs cheveux couleur de paille et leurs yeux couleur de luzerne, ils avaient l'air d'un groupe d'agriculteurs qui descend en ville pour le congrès annuel.

— Foutu ! Foutu ! répète Al Capone à voix basse. Y a qu'à voir leurs gueules !

Ils sentaient à dix mètres le maïs, le terreau, la vache et l'intégrité. En passant devant lui, ils regardèrent Al Capone et il ne baissa pas les yeux. Il se dit : « J'ai jamais vu des Américains comme ça. »

Le procès dura quatre mois. Au début, tout le monde est gelé, la défense marque des points, une grande menace sanglante pèse au-dessus de la salle en bois. La Machine Capone effraie les témoins : les comptables, les banquiers et les commerçants.

Mais le juge Wilkerson insiste. Il ne s'énerve pas, il ne se fatigue pas, il ne sue pas et pourtant, il fait chaud. Sa voix solennelle répète sans arrêt :

— De 1924 à 1929 vous avez déposé dans différentes banques de cet État une somme égale ou comparable à cent cinquante millions de dollars. Je veux savoir ce que vous en avez fait et pourquoi vous n'avez pas payé au Gouvernement des États-Unis l'impôt légal sur le revenu annuel.

Au bout d'un mois, Chicago, déçu, s'aperçoit que Capone n'a pas encore fait sauter le Tribunal. Chicago, c'est le vrai public en or : il en redemande toujours. Chicago aimait bien Capone parce que cet Italien terrible ne cessait d'étonner. Si Capone avait fait inonder la Cour Fédérale ou s'il l'avait fait écraser par une armée de camions blindés, Chicago aurait dit :

— Enfin ! Il se réveille !

Et Chicago aurait pardonné à son enfant chéri. Mais l'enfant chéri ne pouvait plus bouger ; alors Chicago, comme toutes les foules, le laissa tomber sans pitié.

Du coup, les témoins s'enhardissent. Une longue file monotone de petites gens honnêtes rampe sur le parquet boisé.

— Bien sûr que je le connais. Même qu'un jour il m'a commandé deux cents paires de boutons de manchettes.

— Il faisait venir ses chemises de soie du Japon. Y a un magasin là-bas qui travaille que pour lui !

— Oh non, Votre Honneur, il était pas méchant, il m'a donné des pourboires de cinq cents dollars.

Wilson et O'Rourke reviennent à la charge :

— Il me semble, Votre Honneur, que le jury a oublié le chiffre d'affaires de M. Capone. Si vous voulez, nous rappellerons ce chiffre à leur attention : 2 741 250 000 de dollars. Merci !

Les petites gens continuent leur triste chanson triste. Pas une fois pendant le procès on n'aura parlé de crimes, d'alcool et d'exécutions capitales. Al Capone n'a jamais eu de casier judiciaire. On ne l'accuse pas d'être responsable de quatre mille morts violentes pendant une période de dix ans. On lui reproche simplement de n'avoir pas payé ses impôts. Le crapaud ne trouvera pas d'alibi pour l'évasion fiscale. Il se dit : « Bon, j'en prendrai pour un an et quelques dollars d'amende. »

Mais il est angoissé et sa bouche grimace dans le bas de sa figure.

En octobre, le juge Wilkerson se lève et se tient très droit. Il regarde Al Capone et il parle à voix haute et lente. Il voudrait bien que sa voix reste neutre, mais il ne peut s'empêcher, comme tous les Américains qui parlent en public, de rêver à ses pères puritains et de se croire dans un temple au sommet d'une chaire. Il voudrait rester calme, mais on sent bien qu'il raconte son enfance et cinquante années de bonne conduite et de grandeur morale. Il ne voudrait pas trembler, mais quand même, l'émotion le prend là, droit au cœur, et sa voix chevrote lorsqu'il dit :

— Al Capone, un jury de citoyens américains vous ayant reconnu coupable, je vous condamne à une amende de cinquante sept mille dollars plus trente mille dollars de frais.

Silence. Al Capone ne bouge pas. Il se dit : « Et alors, bande d'idiots ? J'en dépense autant pour m'acheter mes cigares ! »

Mais le juge a repris son souffle. Et il a du mal à finir la sentence :

— Vous avez plaidé coupable. Lorsqu'on plaide coupable, c'est une admission totale de culpabilité.

— Il dit n'importe quoi, chuchote Capone.

— Taisez-vous ! fait Comociaturra, excédé.

Le juge reprend son souffle. L'audience se demande s'il va passer la nuit, tellement il a l'air pâle :

— Je vous condamne en conséquence à un emprisonnement de onze ans dans un pénitencier fédéral.

C'est fini. Le juge Wilkerson s'affale sur son fauteuil, le visage cireux. Al Capone, ahuri, a des nuages devant les yeux. Comociaturra bégaie des mots sans suite. Les jurés, embarrassés dans leurs costumes de ville, veulent boire un verre d'eau. Le public fait un bruit d'orage. Onze ans : c'est l'âge de son fils ! Onze ans : c'est le temps qu'il a mis pour devenir le Balafré, roi de Chicago ! Dans le tribunal, tout le monde parle à voix basse. On dirait que quelqu'un vient de mourir.

Al Capone vomit sur son beau costume vert. Il dit :

— Maman, ils m'ont eu.

*

C'était un rocher grisâtre, assis dans la baie de San Francisco comme un baigneur obstiné dans une mer trop froide. Les brouillards le cachaient souvent à la vue des habitants de la ville. Entre eux, les bagnards et les hors-la-loi lui avaient donné un surnom. Ils l'appelaient le Grand Garage. Les honnêtes gens et la police l'appelaient Alcatraz.

Al Capone pénétra dans le pénitencier d'Alcatraz sous l'œil mouillé de sa femme et les yeux secs de quelques journalistes. Le directeur ne le retint pas plus de cinq minutes. Il lui dit les mots habituels et lui tourna le dos.

— Il se moque de moi, pensa Al.

Il avait prévu les actualités, la radio, une délégation de la ville de San Francisco et quelques vieilles dames. Il était très humilié et ne s'en remit pas tout de suite.

8

Ils le laissèrent tranquille pendant trois semaines. Il tournait en rond dans la grande cour de pierre sous les miradors et les mitrailleuses, avec un type devant lui et un type derrière. Ils ne lui parlaient pas. Ils ne le regardaient pas. Ils portaient tous le même uniforme.

Au bout de quatre semaines, un grand type très maigre avec des yeux noirs l'arrêta dans le couloir à l'entrée du réfectoire. Il était beaucoup plus grand que Al. Il lui sourit sans ouvrir les lèvres et lui dit :

— Salut, Capone. Les copains et moi, on t'a préparé une petite réception.

Capone leva ses yeux de crapaud sur le grand type. Il avait déjà maigri. Il se sentait faible et triste. Il dit :

— C'est gentil. Quand c'est qu'on fait ça ?

Le grand type continua de sourire avec ses yeux noirs :

— C'est nous qui décidons. Mais t'en fais pas : tu comprendras vite.

Il s'éloigna pour manger. On entendait le bruit des milliers de cuillers de fer sur les assiettes de bois. Al Capone eut très peur.

*

Lorsque Eddie Bentz, quarante-cinq ans, auteur du génial hold-up de la Lincoln National Bank en 1930, fut arrêté par les agents du F.B.I., il eut un regard effaré.

C'était la première fois qu'il se faisait prendre. C'était trop bête ! Il avait essayé de s'échapper en escaladant la colonne d'un ancien monte-charge qui communiquait avec l'appartement vide du dessus. Mais les gars du F.B.I. étaient déjà dans l'appartement. Il s'était dit qu'il devait avoir l'air complètement idiot, agrippé à sa colonne.

Alors, pour leur montrer qu'il était vraiment le criminel le plus étonnant de sa génération, Eddie Bentz sourit aux Fédés et leur dit :

— J'espère que vous m'enverrez à la prison d'Alcatraz.

Les agents s'étonnèrent et cela fit plaisir à Eddie. D'habitude, Alcatraz inspirait plutôt la terreur aux criminels.

Le sourire d'Eddie Bentz s'élargit :

— Vous comprenez, expliqua-t-il, tous mes amis sont là-bas.

*

Tous les amis étaient là.

Georges « Mitrailleuse » Kelly, joufflu et visqueux. Il pensait à sa femme Kathryn et il jurait dans son uniforme rayé :

— La salope !

William Dainard était là. Il avait kidnappé un enfant. Il avait tassé l'argent de la rançon dans un vieux sac de blé. Le sac lui rappelait son enfance dans la ferme de Cando, North Dakota. Dans sa voiture, avec le gros sac à ses côtés comme une femme enceinte, il avait fui à travers le pays sans pouvoir dépenser un seul dollar. Tous les billets étaient maudits : on avait les numéros. Dainard est à Alcatraz pour soixante ans.

Eddie Doll, le pilleur de banques au nez cassé, était là. Il réparait une cage à lapins dans le Texas lorsqu'un inspecteur du F.B.I. l'arrêta. Il l'avait reconnu à ses tatouages sur les bras.

Alvin Karpis, Rat Public n° 1, était là. Il avait un regard de fou derrière ses lunettes cerclées de fer. Il avait dit : « Ma plus grande joie sera de voir dégringoler les corps des *G-Men* sous le feu de ma mitrailleuse au cours du dernier combat. »

Mais il fut capturé dans une voiture alors que la poule lui faisait des trucs — sous le pantalon. C'est un *lifer* : il est enfermé à Alcatraz pour le restant de sa vie.

Ils étaient tous là et des centaines d'autres : tueurs, kidnappeurs, assassins, pilleurs de banques, étrangleurs de vieilles et dépeceurs de policiers, leurs matricules imprimés sur les poitrines, leurs yeux perdus dans le vide, leurs sexes inoccupés, les enfants maudits de l'Amérique.

Ils n'avaient pas réussi dans la vie. Ils savaient qu'ils ne sortiraient pas du Grand Garage. Alcatraz est la seule prison au monde dont personne n'ait jamais pu s'échapper. Ils savaient qu'ils vivraient sur le rocher jusqu'à ce qu'ils meurent, mais ils avaient des mémoires d'éléphants et ils se souvenaient tous du Balafré.

Le dernier jour de la quatrième semaine, il trouva du sable dans son assiette. Il leva les yeux de dessus la table pour gueuler, mais il vit qu'ils le regardaient tous. Le gardien chef le regardait aussi. Il ne dit rien et but sa soupe.

Le premier jour de la cinquième semaine, il trouva des excréments dans les draps de sa couchette. Il chuchota dans la nuit :

— *I'll kill you.* Je vous tuerai.

Personne ne bougea dans la cellule.

Le deuxième jour de la cinquième semaine, il trouva un rat mort sur son oreiller. Attaché au ventre du rat par une épingle de sûreté, il y avait un billet qui disait :

« En souvenir d'O'Banion. »

Al Capone saisit le rat et le déposa au milieu de la cellule et il attendit. Mais les bagnards dormaient.

Le troisième jour, ils essayèrent de le tuer.

Ils étaient quinze dans l'atelier à rempailler des chaises. Tout était gris : la lumière électrique, le visage du gardien, les chaises et la paille des chaises. Al Capone rempaillait et pensait :

« Ce que je voudrais prendre un bon bain ! »

Les autres n'avaient pas l'air de penser. Dans les petites prisons d'État, entre provinciaux, on chantonne, on s'injurie, on se touche les fesses et on s'envoie des regards tendres. Mais à Alcatraz, c'était autre chose : l'Académie du Crime, le wagon de première classe. Les petits jeunots qui avaient parcouru les routes poudreuses de leurs campagnes un revolver au bout du poing, on les retrouvait rarement dans le Grand Garage. Mais les ennemis publics, ils étaient soit en liberté — planqués dans des fermes, des caves et des asiles de fous — soit morts et enterrés — Nelson, Dillinger — soit internés à Alcatraz.

Il y avait de la compagnie ! Le gratin : pas

étonnant qu'ils se taisent et qu'ils ne pensent pas. Ils étaient tous trop occupés à essayer de montrer à leurs voisins (lesquels s'y connaissaient) qu'ils avaient vraiment été des durs, dans le civil.

Le gardien chef se leva, regarda sa montre et dit :

— Debout. Quinze minutes de récréation.

Il prit son revolver et sortit. Les autres suivirent. Al Capone était parmi les derniers. Soudain, un bagnard lui balança une chaise au visage. Un deuxième, petit, brun et pâle comme un navet, se rua vers lui, un bâton de chaise en main pour lui fracasser le crâne. Al Capone, le dos au mur de l'atelier, leva les poings en sifflant :

— *What's with you ? Y'are crazy ?* Qu'est-ce qui vous arrive ? Vous êtes dingues ?

Les autres ne parlaient pas mais le matraquaient en soufflant bruyamment. Un bagnard montra sa tête affolée par la porte et cria :

— Attention ! Les gardiens !

À regret, les bagnards laissèrent Capone sur le sol de pierre, assommé mais vivant.

Quand il sortit de l'infirmerie, Al Capone plissa les yeux et regarda la cour. Il vit les bagnards qui tournaient en rond et qui faisaient semblant de ne pas parler. Il pensa :

« Les traîtres ! »

Mais il aurait dû comprendre : on lui en voulait d'avoir trop bien réussi. Eux, ils avaient passé le plus clair de leur temps à échapper aux *cops*, dans des sales voitures, d'une ville à l'autre, d'une angoisse à l'autre. Ils n'avaient jamais profité de leurs crimes. Lui, pendant dix ans, il avait régné sur une ville entière, sur une partie de la nation. Il ne tuait même plus. Il avait ses bourreaux et ses juges. Il était César.

En le voyant s'avancer lentement dans la grande cour d'Alcatraz, les bagnards pensaient à tous leurs amis qui étaient morts et à tout l'argent qui attendait Capone, au sortir du Grand Garage. Ils le haïssaient. Ils étaient jaloux. Ils voulaient se venger. Ils essayèrent à nouveau.

Il rentra dans sa cellule et un homme, caché sous une couchette, se leva et lui enfonça un poignard dans le dos. Le poignard avait été volé six mois auparavant dans les cuisines. Les tueurs l'avaient gardé pour une grande occasion.

L'occasion, la voici : Capone, frappé à mort, tombe de toute sa personne, le poignard planté dans son dos. On accourt. Les sirènes intérieures mugissent. Les projecteurs balaient les cellules, par les fenêtres, de l'extérieur du dortoir. Les gardiens bottés et casqués courent le long des cellules en agitant leurs lampes de poche et en glapissant :

— Bande de cons ! Bande de cons !

Les monstres mettent leurs trognes aux barreaux des cellules et roulent leurs yeux pour voir ce qui se passe. Dans la cellule 009487, on relève Al Capone. Il ouvre les yeux et il sourit. Les gardiens et les bagnards se regardent avec effroi : Capone n'est pas mort ! Capone est immortel ! Capone est inhumain !

Il déboutonne sa chemise de bagnard : il avait un matelas autour du buste. Il avait découpé un grand carré dans son matelas et se l'était attaché avec du fil de fer autour de son corps — un drôle de gilet blindé.

Voilà pourquoi il avait l'air si boudiné et si grotesque !

Voilà pourquoi il sentait si mauvais : il n'ôtait même plus son matelas pour se laver.

Voilà pourquoi il n'est pas mort : la lame du couteau a pénétré le matelas mais elle n'a fait qu'égratigner Al Capone.

Il sourit et dit au gardien chef Wallace :

— C'est rien.

Il a retrouvé sa vieille voix de Caïd. Les tueurs abandonnent. Al Capone est un dur, c'est prouvé. Jusqu'ici les tueurs d'Alcatraz n'y avaient cru qu'à moitié. Ils avaient toujours pensé que les journaux leur racontaient des blagues.

Ainsi, ce n'était pas un mythe : Al Capone existait vraiment ! Ils regardèrent avec curiosité et respect ce petit Italien bedonnant qui avait fait trembler la plus puissante nation du monde.

*

Il est probable que, dans le secret de son cœur, Al Capone eût préféré mourir assassiné par un de ses frères ennemis dans la nuit d'Alcatraz. Il ne l'a jamais avoué au reste du monde. Car, ce n'est pas vrai, il n'a jamais écrit ses confessions ni ses mémoires. Ce que l'on a pu lire, c'est simplement un amoncellement de pensées absurdes recueillies par un *ghost-writer* — un écrivain fantôme, un nègre — et vendues comme des pains chauds sous le titre de : *Ma Vie.*

Mais Al Capone n'éprouva jamais le désir de lire sa vie. Il disait :

— C'est des fables.

Il ne toucha même pas de droits d'auteur. La littérature, pour Al Capone, ce n'était pas un métier rentable.

N'empêche : mourir brutalement, d'un seul coup de lame, frappé dans le dos, sous les mille regards des bagnards les plus coriaces d'Amérique, cela n'aurait pas déplu au Balafré. C'eût été une fin digne du commencement. Il s'imaginait déjà les légendes, qui s'achèveraient comme celle du Vieil Ouest :

Et seul un traître pût l'abattre
Quand il lui tournait le dos.
Car c'était un homme
Qu'on n'osait pas tuer de face.

Mais non ! Cet éclair de haine ne durera pas. Les bagnards laissent Al Capone purger sa longue peine. Il est d'une sagesse exemplaire. Il a l'air de souffrir très souvent dans sa tête. Il faudra qu'il fasse sa fin comme il a fait le reste : avec effort, sans beauté et sans grâce.

Pourtant, comme il ne veut pas rater sa mort, il la surveille du coin de l'œil et cela le ronge en dedans.

*

Wiggenwigger a mis son beau costume noir et il s'est assis entre deux cercueils de sapin vulgaire.

Le téléphone est posé sur la table de son bureau et il le regarde intensément de ses yeux de corbeau. Wiggenwigger est le chef entrepreneur des Pompes Funèbres de Deade County en Floride. Il attend en bavant que le téléphone sonne et qu'une voix cassée lui dise :

— Il est mort. Occupez-vous de tout.

Mais l'affreux croque-mort attend longuement. L'Autre, dans son lit, ne meurt pas facilement.

L'Autre, Al Capone, ne pense pas aux croque-morts, aux boîtes en sapin, aux boîtes en marbre, aux glaïeuls ni aux orchidées. Il ne pense pas aux cimetières, il ne pense pas aux convois de Cadillacs recouvertes de crêpe. Il ne pense pas aux fossoyeurs ni aux embaumements.

Il est sorti d'Alcatraz au bout de huit ans parce que sa conduite était bonne. Sa femme l'attendait sur le quai. Il a pleuré dans ses bras. Ils sont partis par le premier avion pour la Floride. Il portait de grosses lunettes noires et pourtant, on ne l'a pas reconnu.

À l'aérodrome de Miami, il n'a vu personne. On était en 1940. Il a trouvé que les Américains, ses compatriotes, n'avaient plus le même visage. Il est monté dans sa Cadillac qui faisait démodé. Il en a fait acheter une nouvelle le lendemain.

Il a embrassé son fils qui était un grand jeune homme et qui étudiait dans une Université de l'Est. Il s'est assis devant la mer. Il a trouvé que la mer aussi avait changé. Il avait les larmes aux yeux. Il a soupiré :

— Chicago… Chicago…

Mais il n'est jamais retourné à Chicago. Quand on a su qu'il était sorti du Grand Garage, les quelques fidèles, les frères et les belles familles ont envoyé des lettres, des télégrammes et il a reçu des visites et il a prêté de l'argent.

Parfois, un journaliste venait lui parler. Parfois, lorsqu'un crime bavait sur les premières pages des journaux, son nom réapparaissait en caractères gras et noirs pour rappeler à l'Amérique qu'après tout, Al Capone existait encore, qu'il n'avait pas plus de quarante ans et qu'il dirigeait toujours la Machine entière.

Mais des choses se passèrent aux environs de 1940 : des avions japonais attaquèrent un port américain, des hommes partirent pour se battre, on fit éclater une bombe atomique au-dessus du Japon et le monde perdit alors ce qui pouvait lui rester d'innocence.

Al Capone était assis devant la mer. La tête lui faisait mal et il n'avait pas beaucoup de conversation. Il éprouvait des difficultés pour parler. Il mâchait du chewing-gum et il jouait à la balle, tout seul, devant un immense fronton de pierre blanche qu'il avait fait construire exprès et qui lui avait coûté cinquante mille dollars. Les aviateurs qui passaient au-dessus de son immense propriété voyaient sa petite silhouette noire se trémousser devant le grand mur blanc.

Maman Capone fit venir un docteur et tout cela dura pendant sept ans.

Wiggenwigger, le Roi des Embaumeurs, commença d'espérer lorsqu'il apprit que le docteur s'était installé pour de bon dans la grande villa silencieuse.

Le 24 janvier 1947, des millions d'Américains sortaient des ventres de leurs mères et des millions d'Américains se tenaient le ventre pour s'empêcher de mourir. De la Californie à la Georgie, des millions de malades agonisaient tout seuls devant leur mort qui les attendait avec patience.

Deux hommes agonisaient dans leurs lits. Un demi-continent les séparait l'un de l'autre. L'un mourait en Floride, l'autre dans l'Arizona. Ils savaient tous les deux qu'ils étaient en train de mourir, mais l'un ne savait pas que l'autre mourait. Pourtant, on aurait pu le leur dire, dans leurs ultimes lits de l'Arizona et de la Floride, et cela les aurait peut être consolés.

Volstead mourait. Capone mourait.

Volstead avait, vingt ans auparavant, inventé la Prohibition. C'était lui, le Sénateur maigre et puritain, qui avait fait voter le 18e Amendement. C'était lui, en fait, qui avait inventé Capone.

Sans lui, sans la Prohibition, Al Capone n'aurait jamais connu la gloire. Ils ne se ressemblaient pas du tout, vraiment. L'un était maigre et d'origine hollandaise. L'autre était gras et d'origine italienne. Ils allaient crever le même jour, c'est d'accord, mais à part cela, ils n'eurent jamais rien en commun.

— Wiggenwigger ?

— *Yeah !*

— *He's dead.* Il est mort.

On est le 25 janvier 1947. Wiggenwigger court comme un fou vers sa Chevrolet noire. Il conduit comme un fou vers la villa. Il passe la grille qui est restée ouverte. Il court comme un fou sous le porche. Il sonne. On ouvre :

— C'est moi, c'est moi, c'est moi ! Je viens pour le corps !

Il ouvre ses yeux si grands que Maman Capone s'est demandé un moment depuis quand cet hystérique n'avait pas mangé. Il ressemblait à un loup affamé.

Sur la dalle de granit noir — importé de Sicile — on a fait graver : « *Qui Riposa, Alphonso Caponi, Nato : Jan. 17 1899. Morto : Jan. 25 1947.* »

Al Capone est mort en patriarche, avec toute la famille assemblée autour du lit. Il a eu l'air d'une femme qui accouche. Il a gémi. Son ventre a tremblé. On n'a rien compris aux derniers mots qu'il a prononcés parce que la parésie syphilitique qui le travaillait depuis si longtemps l'a empêché de réaliser ce qu'il voulait lui-même dire.

Il y a du monde à l'enterrement. Wiggenwigger a bien fait le travail. Poudré, embaumé, manucuré, gominé, Al Capone est très propre dans son cercueil de verre. Seules ses joues sont trop bleutées, il a l'air mal rasé. Mais, c'est connu : on ne peut pas raser les morts.

Le fils ne pleure pas mais il murmure :

— Mon père… — sans avoir l'air d'y croire.

Il ne pleut pas. Le soleil tape si fort sur la tête du fils qu'il pense :

« On va être tout bronzé. »

Depuis, je n'ai jamais pu savoir ce qu'il était devenu, le fils Capone.

DU MÊME AUTEUR

Aux Éditions Gallimard

UN AMÉRICAIN PEU TRANQUILLE (« Folio », *n° 4171*).

DES FEUX MAL ÉTEINTS (« Folio », *n° 1162*).

DES BATEAUX DANS LA NUIT (« Folio », *n° 1645*).

L'ÉTUDIANT ÉTRANGER (« Folio », *n° 1961*).

UN ÉTÉ DANS L'OUEST (« Folio », *n° 2169*).

LE PETIT GARÇON (« Folio », *n° 2389*).

QUINZE ANS (« Folio », *n° 2677*).

UN DÉBUT À PARIS (« Folio », *n° 2812*).

LA TRAVERSÉE (« Folio », *n° 3046*).

RENDEZ-VOUS AU COLORADO (« Folio », *n° 3344*).

MANUELLA (« Folio », *n° 3459*).

JE CONNAIS GENS DE TOUTES SORTES (« Folio », *n° 3854*).

Chez d'autres éditeurs

CE N'EST QU'UN DÉBUT, avec Michèle Manceaux, *éditions Jean Claude Lattès*, 1968.

TOUS CÉLÈBRES, *Denoël*, 1979.

LETTRES D'AMÉRIQUE, avec Olivier Barrot, *Nil éditions*, 2001 (« Folio », *n° 3990*).

TOMBER SEPT FOIS, SE RELEVER HUIT, *Albin Michel*, 2003.

Composition Interligne
Impression Novoprint
à Barcelone, le 7 mars 2005
Dépôt légal : mars 2005

ISBN 2-07-031677-7/Imprimé en Espagne.

130132